BITHIA MARY CROKER

Die Spinne

BITHIA MARY CROKER

Die Spinne

Unheimliche Geschichten

Reclam

RECLAMS UNIVERSAL-BIBLIOTHEK Nr. 14724
2025 Philipp Reclam jun. Verlag GmbH,
Siemensstraße 32, 71254 Ditzingen
info@reclam.de
Umschlaggestaltung: Philipp Reclam jun. Verlag GmbH
Druck und Bindung: Elanders Waiblingen GmbH,
Anton-Schmidt-Straße 15, 71332 Waiblingen
Printed in Germany 2025
RECLAM, UNIVERSAL-BIBLIOTHEK und
RECLAMS UNIVERSAL-BIBLIOTHEK sind eingetragene Marken
der Philipp Reclam jun. GmbH & Co. KG, Stuttgart
ISBN 978-3-15-014724-5
reclam.de

Die Spinne

Eine australische Tragödie

Sie saß in einem Klappstuhl auf einer langen, kahlen, weißgetünchten Veranda und hielt eine zur Hälfte geflickte Socke müßig in der Hand, während sie träumerisch hinausstarrte auf die bläulichen, ungeschlachten Eukalyptusbäume und das sonnenverbrannte braune Gras, das ihr australisches Heim umgab. Das einzige lebende Wesen, das sich in Sichtweite befand, war ein kleiner verschrumpfter Chinese in geräumigen Hosen aus blauem Baumwollstoff, der mit voller Hingabe seiner Geistes- und Gemütskräfte die Pflege kränklich aussehender Gemüse betrieb.

Maimie Grimshaw, die Gattin seines Brotherrn, war eine hübsche Frau von ungefähr dreißig Jahren; sie trieb die Schlankheit so weit, dass ihre Neider von Dürre sprachen, hatte ein Paar Augen von magnetischer Anziehungskraft, ein verwegenes Näschen und volle rote Lippen. Die Züge waren ein wenig scharf geworden, und die Haut sah fast so welk und gelblich aus, wie des Chinesen Kohlköpfe, aber das weiche kastanienbraune

Haar war mit Sorgfalt und Geschmack frisiert, das Kattunkleid saß vorzüglich und kleidete die zierliche Gestalt sehr gut, und ihre Schuhe hatten entschieden Schick. Alles in allem genommen war Mrs. Grimshaw für die Gattin eines Farmers, der vierhundert Meilen weit vom Bereich aller Läden wohnt, eine auffallend elegante Erscheinung, und das Daunenkissen in ihrem Rücken, wie die Fußbank, worauf die hübschen Schuhe ruhten, deuteten darauf hin, dass sie nicht verschmähte, sich jede erreichbare Annehmlichkeit zu verschaffen.

Bernhard Grimshaw, ihr Gatte, war auch in der Lage, ihr nicht nur Behagen, sondern sogar Luxus zu schaffen, und er hatte nicht nur die Mittel, sondern auch den Willen dazu. Grimshaw war der wohlhabendste Mann im Stadtbezirk, ja im ganzen Distrikt Leichhardt, und zählte seine Herden nach Zehntausenden, gerade wie die alten Patriarchen. Außerdem wollte man wissen, dass er auch auf der Bank von Melbourne Tausende und Zehntausende liegen habe, und schon dieses Gerücht trug ihm reiche Zinsen.

Trotzdem lag auf dem Gesicht der Frau des reichen Mannes ein Ausdruck hoffnungsloser Langeweile und unüberwindlicher Verstimmung, als sie so hinausstarrte in die brodelnde Mittagsglut und auf den fleißigen

Sohn des Himmels. Wenn solch ein Ausdruck sich einnistet, so bedeutet er nichts Gutes, weder für eine junge Frau selbst, noch für den Haushalt einer jungen Frau. Fünf Jahre auf einer Außenlandfarm mit ihren Zeiten der Dürre und ihren Überschwemmungen, den langen Flächen von tödlicher Einförmigkeit, dem schonungslosen Zutagetreten rauer Lebensarbeit, des gemeinen niedrigen Alltags hatten Maimies Nerven, Gemüt und Charakter schwer geschädigt. Sie bereute es bitter, den stämmigen Bernhard Grimshaw geheiratet und damit ihre Jugend und alle Möglichkeiten des Genusses weggeworfen zu haben, um sich in dem einsamen gespenstischen australischen Busch lebendig begraben zu lassen! Warum hatte sie diesen Bernhard genommen? Warum war sie je in diese Linga Longa gekommen? Weshalb hatte sie ihr Leben derart verpfuscht?

Die einfache und wahrheitsgemäße Antwort auf diese Fragen würde gelautet haben, weil sie damals nichts Besseres hatte finden können. Mit Bernhards Antrag hatte sie den höchsten Pegelstand im Strom ihres Lebens erreicht geglaubt, sie hatte gewähnt, diese Flutwelle werde sie zum Glück tragen, stattdessen war sie von ihr sozusagen an einen öden Strand geworfen worden als eine Schiffbrüchige.

Bernhard Grimshaw war der geborene Kolonist, ein großer Mann mit starken Gliedern, harten Zügen und einem festen unbeugsamen Willen, genügsam, ehrgeizig, vom Glück begünstigt. Seine erste Frau, die er schon mit zwanzig Jahren geheiratet hatte, war in jeder Hinsicht ein Gegensatz zu Maimie gewesen, ein unschönes, sehniges, sonnengebräuntes Frauenzimmer, aber eine ideale Genossin für den hart ringenden Siedler, der entschlossen ist, seinen Weg zu machen. Ihr treues Herz, ihr rascher Blick und ihre fleißigen Hände hatten nicht wenig zu den Erfolgen ihres Mannes beigetragen. Dass seine Herden und seine Einlagen in die Bank von Melbourne nach Tausenden zählten, war auch ihr Werk gewesen, ihr Lohn für alle Mühsal aber ein sauberer weißer Grabstein, dessen Anschaffung viel Geld gekostet hatte, wie Bessie selbst gefunden haben würde, sündhaft viel Geld, und der in goldenen Buchstaben verkündete, dass hier »Bessie, die heißgeliebte Frau Bernhard Grimshaws« ruhe.

Sie war keine heißgeliebte Frau gewesen; Bernhard hatte sich an sie gewöhnt gehabt, hatte sie geduldet und ihre Hingebung als etwas Selbstverständliches angenommen, nach ihrem Tode aber war er insgeheim aufs unliebsamste überrascht gewesen, dass er sie so sehr vermisste! Seine Mahlzeiten waren jetzt ungenießbar, seine Hemdkragen zerschlissen, und dabei kostete die Haushaltung viel mehr als früher, es blieb ihm also nichts andres übrig, als wieder zu heiraten. Er begann sich behutsam unter den Töchtern seines Bekanntenkreises umzusehen, musste aber aus allerhand Andeutungen und Winken bald erkennen, dass niemand in seiner Nachbarschaft auf die Stellung einer zweiten Mrs. Grimshaw erpicht war, und so entschloss er sich rasch zu einer Reise nach England, die den dreifachen Zweck hatte, die alte Heimat wiederzusehen, Geldangelegenheiten zu ordnen, die mit einer kleinen Erbschaft im Zusammenhang standen, und sich eine Frau zu holen.

Grimshaws Bevollmächtigter besorgte ihm das Geschäftliche zu seiner vollen Zufriedenheit, und bei einem kleinen Diner, wo sich die beiden Herren über Erbschaftssteuer, Zinssatz und Kapitalanlage unterhielten, lenkte eine Bemerkung des australischen Kunden die Aufmerksamkeit des findigen Geschäftsmanns auch auf ein anderes Gebiet. Er wusste ja genau, wen er vor sich hatte, einen wohlhabenden Kolonisten in mittleren Jahren, der geradezu zaghaft auf Freiersfüßen ging, und er selbst hatte ja eine Nichte, die sehr hübsch, sehr einnehmend, fünfundzwanzig Jahre alt und gänzlich mittellos war! Diese Nichte, Maimie Perry, war jetzt lebendig begraben in einem kleinen Dorf, wo sie unzweifelhaft zur alten Jungfer werden und als solche sterben musste. Ihre Mutter war eine Apothekerswitwe mit sehr beschränkten Mitteln und schrankenlosem, aber leider fruchtlosem Ehrgeiz.

Die Bekanntschaft wurde mit Geschick vermittelt, wie sich von selbst versteht, ganz durch Zufall. Mrs. Perry kam mit ihrer Tochter gerade um diese Zeit nach London, um einige Besorgungen zu machen und die jährliche Kunstausstellung zu besichtigen, und der schwerfällige mittelalterliche Witwer fühlte sich sofort zu der jungen Dame hingezogen, die eine ruhige, aber mit tödlicher Sicherheit wirkende Kokette war und ihr niedliches Gesicht und ihre hübsche Figur zu verwerten wusste. Theaterbesuche, Ausflüge auf der Themse, Spaziergänge im Park, wobei Maimie Perry ihren großen Federnhut so tapfer trug wie irgendeine, förderten Umgang und Neigung. Die Hochzeit fand ohne Verzögerung statt und Bernhard Grimshaw kehrte in Begleitung einer reizenden jungen Frau, diese aber in Begleitung einer nagelneuen modischen Ausstattung, nach Melbourne zurück.

Das waren in Tat und Wahrheit selige Tage! Bernhard war gründlich und blindlings verliebt, aber riesig stolz auf seine Frau, die auf dem Schiff als Schönheit gefeiert wurde, und freute sich auf die Verwunderung der Nachbarn im Leichhardt, wenn sie seine Maimie zu sehen bekommen würden! Auch Mrs. Grimshaw war glückselig. Die neue Stellung, die neuen Bekanntschaften, ihre neuen Kleider befriedigten sie außerordentlich, und der große schwarzbärtige Mann, der sie vergötterte und den sie um den kleinen Finger wickeln konnte, sagte ihr sehr zu. Sie schwelgte in angenehmen Vorstellungen von ihrem künftigen Heim mit den Dutzenden von Pferden, den ungeheuren Herden und unübersehbaren Feldern.

Aber ach, kaum dass Grimshaw den Boden seines zweiten Vaterlandes unter den Füßen hatte, war er ein verwandelter Mensch! Im Handumdrehen war er wieder ein rastloser, eifriger Geschäftsmann, fieberhaft ungeduldig, die versäumte Zeit einzuholen. In Melbourne hielt er sich gerade nur lang genug auf, um auf die Bank zu gehen, Spezereien, Sattlerwaren, Porzellan und ein paar Tische und Stühle zu kaufen, dann ging es heimwärts.

Als die junge Frau, die mit jeder Meile des Wegs kleinlauter geworden war, sein Haus, die Linga Longa, ein niederes, hässliches Gebäude zwischen einem Wassertümpel und einem Gemüsegarten gelegen, zum ersten Mal sah, bekam sie einen Weinkrampf. Das war jetzt fünf Jahre her, und wenn sich der erste Eindruck auch nur bestätigt hatte, so war sie doch eine Zeitlang redlich bemüht gewesen, sich den Verhältnissen anzupassen.

Das Leben war verzweifelt einförmig, aber einige Annehmlichkeiten konnte man sich schon verschaffen, und wenn Bernhard sich auch rundweg geweigert hatte, seinen Wohnsitz nach Melbourne zu verlegen, so knauserte er doch nie an ihrer Toilette oder kleinen Luxusgegenständen. Er hielt ihr zwei Hausmädchen, abonnierte Zeitschriften und brachte sie auf seinem neuen hübschen Kutschierwagen zu allen Zusammenkünften oder Gesellschaften in der Nachbarschaft. Eine Kirche war hundert Meilen im Umkreis nicht vorhanden, ein Mangel, der Maimie zwar keineswegs tief berührte, den sie aber nie aufzuführen unterließ in der Liste ihrer Entbehrungen. Trotzdem gab es Zerstreuungen: einen gelegentlichen Besuch bei den Russels oder den Porters, einen Ausflug nach Warra-Barra und eine immer fesselnde Reihe von Liebeleien. Die Letzteren waren ihre Hauptunterhaltung und gestalteten sich mitunter zu einer recht aufregenden.

Maimie Grimshaw herrschte als anerkannte Königin von Leichhardt und nahm alle Huldigungen entgegen, die ihr als solcher gebührten, der Gatte aber betrachtete ihre Eroberungen wie ein nachsichtiger Vater die Unarten eines verzogenen Kindes. So kalt und gleichgültig er gegen seine erste Frau gewesen war, so blind und schwach war er ihrer Nachfolgerin gegenüber. Die Königin konnte kein Unrecht tun ... es lebe die Königin! Ging sie einmal zu weit und hatte sie der Biederkeit eines Untertanen zu viel zugemutet, so genügte ein abbittender Blick, ein wenig Zärtlichkeit, um den Prinzgemahl sofort zu ihrer Anschauung des Falls zu bekehren.

Mit der Zeit wuchs die Zahl von Maimies Opfern und ihr Ruf verbreitete sich weit und weiter. Man tuschelte und raunte sich allerlei Geschichten zu, bis man schließlich laut und deutlich von dem jungen Strover sprach, der ihr Gast und ihr Schatten gewesen und dann durch Doktor Blane ersetzt worden war. Man nannte Mrs. Grimshaw, sooft man von dem jungen Dawson sprach, der nach Tasmania und zum Teufel gegangen war, und wenn man sich an Freddy Scott erinnerte, den frischen, überall beliebten übermütigen Freddy, dessen lustiges Gesicht so finster und mager und elend geworden und der auf Nimmerwiedersehen abgereist war, nannte man ihren Namen. Diese alle waren Gehilfen der verschiedenen Viehzüchter im Umkreis der Stadt gewesen.

Nachdem aber Lumley ertrunken in einem Wassertümpel gefunden worden war, die Hände mit seinem Taschentuch zusammengebunden, wurden Mrs. Grimshaws mandelfarbige Augen, ihre leise, sanfte Stimme und das verständnisvolle Lächeln der zerstreut wohnenden Nachbarschaft einigermaßen unheimlich. Man gab ihr den Beinamen »die Spinne«, aber leider war sie seit einiger Zeit nicht bei Laune – sie hatte nichts als tote Fliegen im Netz!

Man denke sich eine hübsche, müßige Frau, ohne alle ernsten Interessen an der Seite eines vielbeschäftigten, um fünfzehn Jahre älteren Mannes, die keine Kinder, keine nahe Nachbarschaft, keine Anregung hat und keine andre Liebhaberei, als die, mit den Gefühlen wehrloser Männlichkeit Versuche anzustellen!

Sobald ein Mann anfing, sein Pferd striegeln zu lassen, ein weißes Hemd zu tragen und mit einer Zeitschrift oder einem Buch in der Tasche nach Linga Longa hinüberzureiten, wurden die Freunde besorgt und bemitleideten ihn aufrichtig, denn man wusste ja, welchem Schicksal er entgegenging. Er wurde unfehlbar für ein paar Wochen Minnesänger, um später jahrelang Weiberfeind zu sein. Maimie Grimshaws Stunde kam mitunter langsam heran, aber sobald sie jemand in ihre Gewalt bekommen hatte, war ihre Herrschaft eine merkwürdig unbeschränkte. Sie war von Natur kalt und hart, und keiner von ihren unglücklichen Sklaven hatte je ihr Blut in Wallung gebracht; sie nahm lächelnd den ganzen Menschen hin, ohne ihm etwas dafür zu geben. Ihrer Ansicht nach war es mehr oder weniger eine Ehre für die Männer, an ihrem Altar geopfert zu werden und ihrem einförmigen, trübseligen Leben einigen Reiz verleihen zu dürfen. Die Spinne kannte weder Erbarmen noch Gewissensqualen, sie nahm Anbetung, gestammelte Liebesbeteuerungen willig entgegen, und wenn sie genug davon hatte, gab sie ihren Verehrern den Laufpass.

Aber schon eilte ihr die Nemesis mit hastigen Schritten hinterher. Die Besucher mit schimmernder Hemdenbrust und sauber gestriegeltem Pferd hatten sich in letzter Zeit auffallend vermindert. Mrs. Grimshaw hatte diese Tatsache wohl wahrgenommen und dachte auch jetzt wieder darüber nach. Sie besann sich auch darauf, dass neulich bei einem Rennen in der Nachbarschaft nur zwei Herren sich ihrem Dienst gewidmet hatten, und zwar zwei schon von der Liebe zu ihr Genesene! Als sie das so überdachte, wurde ihr Gesicht ganz scharf, spitzig und vergrämt, so dass sie keineswegs aussah wie die »Lilie von Linga Longa«! Ach, wenn doch Grimshaw diese verhasste Besitzung verkaufen und mit ihr nach England ziehen wollte! Sie war dieses Lebens so überdrüssig, sie wurde krank davon … und plötzlich stand sie auf und begann in einem Zustand von Ungeduld, der an Wahnsinn grenzte, auf der Veranda hin und her zu laufen.

Da riss herannahender Hufschlag sie aus ihrer verzweifelten Versunkenheit; sie blickte hinaus und sah ihren Mann in Begleitung von zwei Fremden aufs Haus zureiten. Der eine war ein hagerer, verschrumpfter Geselle mit einem scharfgeschnittenen Gesicht, das der graue Hut halb verdeckte, der andre war bedeutend jünger und der hübscheste Mann, den sie je im Leben gesehen hatte.

Er ritt ein munteres, zierliches Rösslein, saß ohne Steigbügel frei im Sattel und hatte den grauen Sonnenhut aus der Stirn geschoben. Ja, Walter Talbot war eine auffallend hübsche Erscheinung, ein sechsundzwanzigjähriger Sohn aus guter Familie, der eine sorgfältige

Erziehung genossen, aber bisher im Leben nichts als Pech gehabt hatte.

Sein Vater, Sir John Talbot, auf Dene, dessen zweiter Sohn er war, hatte viel Grundbesitz, aber wenig Geld, und Walter, der als Offizier dumme Streiche gemacht hatte, war immer noch unterwegs, um sein Glück zu suchen, das, weit entfernt, ihm entgegenzukommen, stets außer Sicht blieb. Gegenwärtig war er Gehilfe auf einer Farm nördlich von Linga Longa, wo ihm saure Arbeit und die Blüte seiner Jugend mit einem Pfund Sterling in der Woche und freier Kost und Logis bezahlt wurde, und in diesem Augenblick befand er sich samt seinem Brotherrn auf der Heimreise von Melbourne, wo sie Pferde auf den Markt gebracht hatten.

»Für heute ist's zu spät, wir können Crosskeys nicht mehr erreichen«, hatte Macnab, der Pflanzer, unterwegs gesagt. »Besser, wir fallen bei Bernhard Grimshaw ein und brechen morgen in aller Frühe auf ... doch da ist er ja in Person, das heiß ich Glück haben! ... Heda, Grimshaw, wie steht's? Wir wollen uns bei euch zum Abendbrot einladen und um Nachtquartier bitten.«

»Herzlich willkommen!«, versetzte Grimshaw mit Wärme.

»Ich glaube, Sie kennen Mr. Talbot noch nicht?«

»Nein! Er ist nie in unsre Gegend gekommen.«

»Weil er ein Stubenhocker ist und sich nicht in der Welt umsieht.«

»Als ob ich nicht eben von Melbourne käme«, wandte der junge Mann lachend ein.

»Das war Geschäftssache und zählt nicht. – War das Geschäft gut, Mac?«

»Leidlich, im Durchschnitt zwanzig Pfund das Stück.«

»Und bei Wallers werden sie dann zu fünfhundert Rupien verkauft!«, bemerkte Grimshaw, als die Herren jetzt vor der Veranda hielten, seiner Frau aber, die erwartungsvoll auf der obersten Stufe stand, rief er heiterer zu: »Maimie, Mr. Macnab und sein junger Freund, Mr. Talbot, sind unsre Gäste … Hoffentlich ist deine Speisekammer wohlgespickt?«

Maimie nickte grüßend und sah den Fremdling, der seinen großen Hut abzog, forschend an, und dabei wechselte sie plötzlich die Farbe, denn sie erkannte in ihm mit Sicherheit den Sohn des Gutsherrn von ihrem Heimatdorf. Die Welt war doch wirklich sehr klein! Sie hatte den jungen Talbot oft genug in der Kirche, beim Blumenfest, zu Pferd und zu Fuß durchs Dorf streifen sehen und kannte ihn genau, wenn sie auch nie mit ihm gesprochen hatte. Nun war aus einem hübschen, lang aufgeschossenen Jüngling ein nicht minder hübscher Mann geworden, das war der ganze Unterschied! Ohne eine Bemerkung darüber zu machen, eilte sie ins Haus, ordnete die Mahlzeit an und kleidete sich um, während die drei Herren zu den Ställen hinüberritten und ihre Pferde versorgten.

Mahlzeit und Hausfrau bereiteten dem jungen Talbot eine höchst angenehme Überraschung. Der Tisch war geschmackvoll gedeckt, der Hammelrücken zart und die Wirtin sah in einem duftigen weißen Kleid reizend aus.

Als die Tafel aufgehoben war, ließen sich die zwei älteren Herren in Lehnstühlen auf der Veranda nieder, und das nie ermüdende Gespräch über Wollhandel und Ausfuhr von Fleisch in gefrorenem Zustand nahm all ihre Gedanken in Anspruch, Talbot und Mrs. Grimshaw aber wandelten auf einem vielbegangenen Pfad zwischen Haus und Teich auf und ab.

»Wissen Sie, dass mir Ihr Gesicht recht bekannt vorkommt, gnädige Frau?«, bemerkte der junge Mann, am Rand des Wasserbeckens stehenbleibend. »Ist es denkbar, dass wir uns früher schon begegnet wären?«

»In gewissem Sinne, ja«, versetzte sie lebhaft errötend. »Ich glaube, dass wir uns in Moorfield gesehen haben … Mein Mädchenname ist Perry.«

»Perry!«, wiederholte er nachdenklich, und dann stand mit einem Mal das Bild einer etwas streberischen Witwe mit einem hübschen Töchterchen vor ihm. »Natürlich! Jetzt fällt mir alles ein! Wie entzückend, hier außen ein Gesicht aus der Heimat zu finden! Das ist wie ein Quell im Wüstensand!«

»Ja, so ist's«, stimmte sie mit einem Seufzer zu.

»Sind Sie schon lange in Australien?«

»Seit fünf Jahren. Und Sie?«

»Seit achtzehn Monaten.«

»Sagt Ihnen das Leben hier zu?«

»Nein … unter uns gesagt, es ist mir verhasst. Ein einsames, hoffnungsloses, schwermütiges Dasein, jedenfalls für mich. Dieser australische Busch hat für mich etwas Gespenstisches, Unheimliches … ich werde das Vorgefühl nicht los, dass er mich verschlingen, mein Grab sein wird.«

»Ach! So dumme Sachen dürfen Sie sich nicht in den Kopf setzen«, entgegnete sie eifrig. »Sie brauchen nur ein wenig Anregung, Zerstreuung. Mr. Macnab sagt, Sie kämen nicht über seine Grenzen hinaus, das taugt nichts. Sie sollten auf die Jagd gehen, zu den Rennen und all unseren Zusammenkünften, da würden diese finsteren Gedanken bald verschwinden.«

»Daran mag etwas Wahres sein … aber ich habe von morgens bis in die Nacht zu arbeiten, und an den Sonntagen … wir haben ja gar keine Nachbarn, die erreichbar wären!«

»Wir sind nur zwanzig Meilen weit entfernt! Das betrachtet man in Australien als kleinen Spazierritt, aber Ihnen wird der Weg freilich zu weit sein«, bemerkte Mrs. Grimshaw mit ihrem betörendsten Lächeln.

»Hundert Meilen wären mir nicht zu viel, um ein Gesicht aus Moorfield zu sehen«, beteuerte er mit vor Erregung bebender Stimme.

»Gut, dann hoffe ich, dass Sie von nun an Ihre Sonntage bei uns zubringen werden. Mein Mann wird sich sehr darüber freuen, er hat eine Abwechslung auch nötig und der Umgang mit anderen Farmern ist nicht anregend; es sind einsilbige Leute.«

»Ich bin auch kein anregender Gesellschafter, kann ich Ihnen sagen«, erwiderte Talbot. »Weil ich so trostlos dickköpfig und dumm bin, hat mich ja das Schicksal hierher verschlagen. Ich konnte nie ein Examen bestehen, und wenn's mein Leben gegolten hätte!«

»Dumm sehen Sie deshalb doch nicht aus, und ich glaube nicht, dass Sie's sind«, tröstete ihn Mrs. Maimie mit einem ihrer verständnisvollsten Blicke.

»Darüber hat man bei mir daheim eine andere Lesart«, versicherte er, und nun vertieften sie sich in gemeinsame Erinnerungen, sprachen das ganze Dorf und die Nachbarschaft durch bis hin zu den Hunden und Pferden.

Es war Mitternacht vorüber, als Gespräch und Spaziergang zum Abschluss kamen. Die Veranda war schon seit einer Stunde leer, Macnab und Grimshaw hatten sich mit einem Blick auf das endlos lustwandelnde Paar zurückgezogen. Dem Hausherrn war das Bild zweier jugendlicher Gestalten im Mondschein vertraut; Maimie hatte immer Freude an neuen Bekannten, wenn sie halbwegs umgänglich waren, und mancher Zufallsgast war schon an ihrer Seite diesen Pfad gewandelt.

Macnab war weniger harmlos, ihm sagte der Anblick gar nicht zu. Sollte sich dieser zurückhaltende Talbot, dem niemand näherkam und der in Hinsicht auf Frauen so anspruchsvoll und heikel war, wirklich von der Spinne ins Netz locken lassen?

* * *

Es war so. Jeden Sonnabend ritt er von nun an in gestrecktem Trab zur Linga Longa hinüber, um am Montag bei Tagesanbruch wieder heimzukehren, und von Woche zu Woche steigerte sich die Freundschaft zwischen den beiden. Für Talbot war es eine unsägliche Wonne, von der Heimat sprechen, seine Briefe vorlesen, all seine Hoffnungen und Sorgen vor dieser reizenden, interessanten Frau herauskramen zu können.

Nur über einen Punkt wagte er nicht mitteilsam zu sein, obwohl er ihm am meisten am Herzen lag. Das war seine Verlobung mit Mabel Trevor, einem jungen Mädchen seiner Verwandtschaft, genauso mittellos wie er selbst. Ein unbewusster Instinkt warnte ihn davor; er fühlte, dass Mrs. Grimshaw für Mabel keine Anteilnahme zeigen würde, so gern und gefühlvoll sie über Liebe im Allgemeinen sprach.

Was für ein guter Kamerad und welcher Segen diese Frau für ihn war! Gepriesen der Tag, an dem der mürrische alte Macnab ihn über ihre Schwelle geführt hatte! Derselbe Macnab, der nun allerlei Andeutungen und Warnungen hinwarf, wofür Talbot aber kein Ohr hatte, denn wie alle Fliegen, die der Spinne je ins Netz gegangen waren, nahm er's bitter übel, wenn man sich zwischen ihn und seine »Freundin« drängen wollte, denn Freundschaft nannte er seine Beziehungen zu Mrs. Grimshaw, und von seiner Seite war das Verhältnis auch rein platonisch.

Bei Maimie Grimshaw lag der Fall leider anders, man behauptet ja, Freundschaft sei nie auf beiden Seiten platonisch. Sie hatte endlich ihren Helden gefunden, der lang ein Traum gewesen, nun Wirklichkeit geworden war. Talbots hübsche Erscheinung, sein ritterliches Benehmen, seine glänzenden Leistungen als Reiter hätten genügend Anziehungskraft für sie gehabt, auch ohne den Glanz seines altadeligen Namens und den überwältigenden Vorzug, des Gutsherrn Sohn zu sein, wo sie nur ein »Mädchen aus dem Dorf« gewesen war.

Außerdem verhielt er sich ihr gegenüber ganz anders als ihre bisherigen Verehrer; er überschritt niemals die Grenze von Achtung und Dankbarkeit. Er brachte ihr wohl Blumen, aber ohne sie »Maimie« zu nennen, und sie unterschrieb sich in den Briefen an ihn auch nicht wie früher als seine »getreue«. Die ganze Woche über sah sie mit einer gewissen schmerzhaften Spannung dem Sonnabend und Sonntag entgegen, all ihr Bestes wurde sorglich für diese zwei Tage aufgespart, sowohl ihre hübschesten Kleider als ihr sonnigstes Lächeln.

Grimshaw selbst fand Wohlgefallen an dem jungen

Mann, dem »Kindheitsgespielen« seiner Frau, wie Maimie ihn getauft hatte, und so flogen Stunden und Wochen in ungetrübtem Glück dahin, bis endlich Grimshaws Schwager, der Bruder seiner ersten Frau, dem die zweite gründlich verhasst war, die Lunte legte, die Bernhards Eifersucht entzünden sollte. Die ganze Zeit über hatte er das Paar in unheilverkündendem Schweigen mit halbgeschlossenen Augen beobachtet, jetzt entschloss er sich, zu sprechen.

»Das muss ich sagen, Bär, mir wär's nicht darum zu tun, solch einen hübschen Schlingel wie diesen Talbot immer am Schürzenband meiner Frau hängen zu sehen, besonders wenn diese niedlich und fünfzehn Jahre jünger wäre als ich.«

»Du wirst ja wohl nicht in diese Lage kommen. Deine Fanny ist so hässlich, dass ein Gaul scheu werden könnte!« lautete Grimshaws nicht eben verbindliche Antwort.

»Eine Schönheit ist meine Fanny allerdings nicht, das gebe ich zu, aber eine gute Frau!«, versetzte Bessies Bruder, das Eigenschaftswort stark betonend.

»Gut ist Maimie auch – ich wollte den sehen, der etwas gegen sie sagen könnte! – und sehr wohl imstande, sich selbst zu hüten.«

»Sich selbst? O freilich! Sie denkt immer zuerst an sich!«

»Du magst sie nicht, hast sie nie leiden mögen.«

»Nein, aber der junge Talbot ersetzt reichlich, was mir an Geschmack abgeht.«

Dabei warf er einen vielsagenden Blick zu der Verandaecke, wo Talbot langsam und ehrerbietig der Hausfrau Kühlung zufächelte.

Grimshaw gab keine Antwort auf diese Bemerkung und lenkte das Gespräch auf etwas anderes. Es folgte eine heiße Nacht, in der man keinen Schlaf fand, und da kamen ihm in den träge dahinschleichenden dunklen Stunden allerlei Einzelheiten in den Sinn: die langen, einsamen Spaziergänge, die Maimie mit Talbot machte, ihre Spiele zu zweien, ihre gemeinsamen Geheimnisse und vertraulichen, leise geführten Gespräche, wovon er gänzlich ausgeschlossen war. Und diese vielen Strohhalme lieferten schließlich ein ganz ansehnliches Bündel! Er beschloss also, von nun an die Augen offen zu halten.

Beim ersten Morgengrauen hörte er Hufschlag: Talbot ritt vom Stall ab! Fort war er also, und nun wollte Grimshaw aufpassen, abwarten und die Sache besonnen angreifen.

Zu warten brauchte er nicht lange. Am selben Morgen noch sah er, wie Maimie, die ihn nicht in der Nähe vermutete, ein Paar juchtenlederne Handschuhe, die Talbot vergessen hatte, sorgfältig zusammenlegte, glattstrich und inbrünstig küsste.

»Den Handschuh küss ich, den Mann mein ich, heißt's hier wohl!«, brach Grimshaw los.

Maimie erschrak heftig und wurde dunkelrot vor Schreck.

»Du hast allen Grund, rot zu werden! Du hast dich schamlos aufgeführt und ich war mit Blindheit geschlagen …«

»Was meinst du denn eigentlich, Lieber? Was für wunderliche Einfälle du nur hast …«, begann sie, aber er gebot ihr mit zorniger Gebärde zu schweigen.

»Ich meine, dass wir keine solche Narreteien mehr im Haus haben wollen, und ich gedenke, zu dem jungen Esel hinüberzureiten und ihm zu sagen, dass er seine Nase nicht mehr hier hereinstrecken soll, wenn ihm sein Fell lieb sei. Dir aber verbiete ich, ihn wiederzusehen, mit ihm zu sprechen oder ihm zu schreiben.«

»Und wenn ich dir nicht gehorche?«, fragte sie kühn.

»So jage ich dich in den Busch hinaus und kümmere mich so wenig um dich, als um eine schwarze Wacholderbeere. Wir australischen Siedler sind vielleicht keine feinen, aber wir sind ehrbare Leute, unsere Hausehre ist noch immer rein geblieben. Hier im Busch baut man auf das Ehrgefühl des andern, dass er die Bande der Ehe heilighalten werde, und dem Schurken, der seines Nächsten Frau begehrt, jagt man eine Kugel durch den Kopf, ohne viel Federlesens zu machen.«

Der schwerfällige Bernhard war jetzt aus seinem Gleichmut gebracht, sein Gesicht war gerötet, die Augen funkelten, der ganze Mann sah unheimlich aus, viel zu unheimlich, als dass Maimie es mit Schmeicheln und Streicheln und Beschwatzen hätte wagen können! Das war ein böser Tag für die Spinne, ihr zartes Gewebe war entdeckt und mit rauer Hand weggefegt worden. Ein Bote wurde abgesandt, der Talbot in ein paar kurzen Zeilen die Meldung überbrachte, dass man in der Linga Longa auf seinen Umgang verzichte, und Maimie, die natürlich einen geheimen Zettel eingeschmuggelt hatte, schloss sich heftiger Kopfschmerzen wegen in ihr Zimmer ein.

Bernhard Grimshaw erwies sich als ein unerbittlicher und scharfsichtiger Gefangenenwärter, und ein ganzes Jahr verging, ohne dass Talbot und Mrs. Grimshaw sich wiedergesehen hätten. Nach und nach aber trat das Erlebnis für den Ehemann mehr in den Hintergrund, er verfiel abermals dem Zauber, den Maimie ausüben konnte, und wenn ihr auch Walter Talbots Namen nie über die Lippen kam, so wagte sie doch, ihren Mann neckisch ein »furchtbar eifersüchtiges Ungeheuer« zu nennen.

Es war wirklich ein trostloses Jahr gewesen; sogar eine Reise nach Melbourne hatte Mrs. Grimshaw nicht sehr zerstreuen können, die einzigen Tage, die sie im Kalender hätte rot anstreichen mögen, waren die, wenn es ihr gelang, heimlich einen langen leidenschaftlichen Erguss mit der Anrede »Mein einziger Liebling!« zur Post zu bringen.

Zur Weihnachtszeit gab die Familie Porter auf Yaiwarra einen Ball, wozu die Nachbarn von allen Seiten herbeiströmten. Die Gäste, die aus großer Entfernung kamen, mussten über Nacht bleiben und brachten daher Zelte und alle möglichen Hilfsmittel selbst mit. Zu dieser Kategorie gehörten auch die Grimshaws mit Bedienung, Mr. und Mrs. Bell und Macnab mit seinen Leuten, worunter sich auch Walter Talbot befand.

Das war für Maimie ein bedeutsames Fest. Wochenlang hatte sie über ihre Kleidung nachgedacht, und der Erfolg rechtfertigte die Mühe. Trotzdem war sie durchaus nicht Ballkönigin, denn sie sah blass und elend aus, ihre Augen lagen tief in den Höhlen und der Blick flackerte angstvoll. Man tuschelte sich allgemein zu, die Spinne habe »abgesponnen«.

Zu einer Türöffnung traf sie mit Walter Talbot zusammen ... Das war der große, langersehnte Augenblick! Kein Zuschauer nahm seine Bedeutung wahr, bis auf Grimshaw, der seine Frau aus der Ferne mit finstern, argwöhnischen Blicken beobachtete. Sie gab Talbot ganz einfach die Hand und ging dann an David Porters Arm weiter. Bernhard atmete erleichtert auf und verzog sich ins Spielzimmer, um am Whisttisch Platz zu nehmen. Die Sache war also erledigt und abgetan! Dass die schlaue Maimie einen winzigen Papierstreifen in Talbots widerstrebende Hand geschoben hatte, das ließ sich der Gatte nicht träumen!

Talbot selbst nahm den Zettel mit tiefem Misstrauen hin, gerade wie er auch alle Episteln seiner Freundin und den leidenschaftlich flehenden Blick aus ihren eingesunkenen Augen hingenommen hatte.

»Mein Liebling, triff mich um ein Uhr auf der hinteren Veranda«, lautete das kleine Billetdoux, das er rasch in die Westentasche steckte, um sich vorläufig nach Tänzerinnen umzusehen.

Walter Talbot sah heute ungeheuer vergnügt und bildhübsch aus, wodurch er in schroffem Gegensatz stand zu der Heldin seiner verflossenen platonischen Liebe, die ihn mit heißhungrigen Blicken verfolgte, während er harmlos und unermüdlich mit den jungen Mädchen tanzte. Nun, ihre Stunde musste ja endlich kommen.

Die Veranda an der Rückseite des Hauses war köstlich einsam, denn sie stieß an die Räume, die nicht für die Gesellschaft verwendet worden waren. Man hatte sie nur dazu benützt, Suppe und Kaffee warmzuhalten, aber Suppe und Kaffee waren längst vertilgt, und so war der Raum jetzt gänzlich einsam. Nur eine kleine Petroleumlampe, die auf einem Tischchen stand, beleuchtete Mrs. Grimshaws verhärmte Züge.

Sie war die Erste auf dem Platz, aber Talbot stellte sich bald darauf ein, noch etwas atemlos von seinem letzten Walzer.

»Ist es nicht eine Grausamkeit, dass wir uns nur auf diese Weise sehen können!«, rief sie in tragischem Ton. »Nur dieses Wiedersehens willen habe ich weitergelebt, mich hingeschleppt durch dieses trostlose Jahr!«

Damit schlang sie die Arme um seinen Hals.

Mr. Bell, der sich weder am Tanz noch am Kartenspiel beteiligte, und deshalb umso mehr Zeit auf leibliche Stärkung verwenden konnte, trat in diesem Augenblick auf die Veranda, um sich noch einen Teller Suppe zu Gemüte zu führen. Einen Augenblick stand er starr, wie vom Schreck gelähmt, vor dieser rührenden Szene.

Drei Minuten später trat er hinter den Spieltisch, beugte sich über Grimshaw, der eben das Pik-Ass ausspielen wollte, und raunte ihm zu: »Komm auf der Stelle mit mir, Bär!«

Ton und Blick waren so vielsagend, dass Grimshaw ohne Widerrede seine Trümpfe hinwarf, aufsprang und ohne ein Wort der Entschuldigung das Zimmer verließ.

»Sprich nicht, tritt leise auf«, ermahnte ihn Bell. »Sehen ist Glauben.«

Lautlos wie zwei Panther schlichen die Männer bis unter eine der Verandatüren.

Das Paar stand einander gegenüber und die kleine Lampe beleuchtete zwei tiefernste Gesichter. Talbot aber sprach: »Ja, ich gehe nach England. Mein ältester Bruder ist vor einigen Wochen gestorben und mein Vater ruft mich nach Hause.«

»Du kehrst zurück ins Leben, in die Heimat, an der mein Herz hängt, und willst mich hier zurücklassen, Walter?«, wehklagte Maimie, die Hände ringend und einen Schritt auf ihn zutretend. »So grausam kannst du doch nicht sein? Du hast doch meine Briefe erhalten?«

»Ich habe ihrer viele erhalten, wohl an die zwanzig. Es war eine gefährliche Sache, diese Briefe zu schreiben, und …«

»Wenn ich sie nicht geschrieben hätte, wäre ich wahnsinnig geworden … Diese Briefe waren mein einziger Trost!«, rief Maimie leidenschaftlich.

Talbot machte ein verlegenes Gesicht und gab keine Antwort, sie aber sprach weiter, wobei ihr die Tränen über das verblühte Gesicht strömten.

»Mein Liebling, du weißt es ja nun, wie ich dich liebe, und kannst mich nicht verlassen …«

Ach! Sie wusste ja nicht, dass er gegen all ihre Schlangentücke gewappnet war durch die Liebe, seine erste Liebe, ein junges Mädchen in der Heimat! Seit Monaten schon sagte er sich, dass er viel drum geben würde, diese Mrs. Grimshaw nie gesehen zu haben. Ihre wilden Briefe und Liebesbeteuerungen hatten ihn halb mit Angst, halb mit Widerwillen erfüllt, denn er hatte ja niemals Liebe, nur Freundschaft bei ihr gesucht.

»Und du willst tatsächlich mit dem nächsten Schiff reisen?«

»Ja, mein Platz für die Überfahrt ist schon belegt.«

»Und ich … wie soll ich das ertragen? O, mir ist, als ob man mir das Herz aus der Brust risse … Du musst mich mitnehmen!«

Und wieder schlang sie die Arme um seinen Hals und schmiegte sich schluchzend an seine Brust.

»Mr. Talbot«, sagte da eine gedämpfte, zornbebende Stimme, deren Klang Maimie einen Angstschrei entlockte, »ich glaubte, Sie gewarnt zu haben …!« Jetzt trat die wohlbekannte Gestalt in den Schein der Lampe. – »Ich hatte Ihnen geraten, den Umgang mit meiner Frau abzubrechen. Da es nicht geschehen ist, haben Sie die Folgen zu tragen.«

* * *

Ein Kreis von sieben ernsthaften Männern, wovon vier Amtspersonen waren, saß vor Tagesanbruch in Peter Porters Zimmer beisammen: Porter mit seinen Söhnen David und Jonathan, Jakob Bell, Macnab, Grimshaw und Walter Talbot.

Grimshaw sprach, zwischen jedem Satz schwer und tief Atem holend.

»Dieser junge Bursche namens Walter Talbot kam als Gast in mein Haus. Er machte meiner Frau den Hof …

es ist jetzt ein Jahr her … da ließ ich ihm eine Warnung zugehen und verbot ihm mein Haus. Heute Nacht sah ich ihn meine Frau im Arm halten. Bell hat es auch gesehen. Ihr kennt unsern Brauch … wir müssen uns schießen … die Welt hat nicht Raum für uns beide.«

»Dem ist so«, erklärte Peter Porter. »Nun, Talbot, was haben Sie zu erwidern?«

»Ich gebe mein Ehrenwort, dass ich des Verbrechens, dessen Mr. Grimshaw mich anklagt, nicht schuldig bin. Seine Frau und ich stammen aus demselben Ort und haben viele gemeinsame Bekannte und Erinnerungen. Das führt die Menschen zusammen, wenn sie sich auf der anderen Seite der Weltkugel treffen. Mrs. Grimshaw nahm mich sehr gütig auf, doch ich beschwöre mit einem heiligen Eid, dass ich mit ihr nie von Liebe gesprochen habe.«

»Pah!«, rief Bell entrüstet.

»Es verhält sich, wie ich sage, und zum Beweis will ich Ihnen mitteilen, dass ich mit einem Mädchen verlobt bin, das meinem Herzen die ganze Welt ist. Traut mir einer von Ihnen den Grad von Schlechtigkeit zu, unter diesen Umständen eine Liebschaft mit einer andern, mit einer verheirateten Frau anzuknüpfen? Hier … ich will Ihnen das Bild des Mädchens zeigen …«

Dabei griff er in seine Westentasche, um eine kleine Goldkapsel herauszuziehen, und dabei wollte es das Verhängnis, dass ihm ein schmaler Papierstreifen entfiel, auf den sich Grimshaw wie ein Spürhund stürzte.

»›Mein Liebling, triff mich um ein Uhr auf der hinteren Veranda.‹ … Genügt das etwa nicht?«, rief er, in die ernsten Gesichter seiner Nachbarn blickend. »Er möchte uns beweisen, dass Schwarz Weiß ist! Ich treffe meine Frau in seinem Arm, dieser Zettel entfällt seiner Westentasche, und alles soll Unschuld, reine Freundschaft sein? Sind wir Narren, uns so etwas bieten zu lassen?«, schrie er, vor Wut schnaubend.

»Nein, Narren sind wir nicht«, erklärte Bell feierlich.

»Dann bleibt's dabei. Wir treffen uns draußen im Busch. Dreißig Schritt Entfernung. Sie töten mich oder ich Sie. Einverstanden?«, stieß Grimshaw, nach Luft schnappend, heraus.

»Und ich sage nein«, versetzte Talbot ruhig, obwohl er sehr blass geworden war.

Der Schein war gegen ihn, die allgemeine Stimmung ihm feindlich … Durfte er sich auf Kosten dieser Frau vom Verdacht reinigen? Auf Kosten dieser Frau, die ihm mit ihrer Leidenschaft und ihren Briefen das Leben vergiftete? Nein, das durfte er nicht: Er konnte eine

Frau nicht bloßstellen ... um seiner Mutter, um Mabels willen konnte er's nicht.

»Nein«, wiederholte er. »Ich bin schuldlos, wenn Sie es mir auch nicht glauben! Mich gelüstet weder nach Ihrem Blut, noch will ich mein Leben aufs Spiel setzen ... Dieses Leben hat für meinen Vater, meine Mutter, meine künftige Frau ebenso viel Wert als für mich selbst.«

»Elender! Wenn Sie sich mir nicht stellen, wird man Sie mit Hunden aus Australien verjagen. Sie haben die Sünde begangen, wofür es keine Vergebung gibt, haben die Gesetze der Gastfreundschaft übertreten. Selbstverständlich werde ich mich scheiden lassen, und mit Hilfe der Presse soll ganz England widerhallen von Ihrer Schmach.«

»Nehmen Sie den Zweikampf an«, flüsterte ihm David Porter zu. »Es ist der einzige Ausweg.«

David glaubte halb und halb an Talbots Aussage und bemitleidete den blassen jungen Engländer von ganzem Herzen.

Mit Tagesanbruch zog ein Trupp von sieben Männern zu einer einsamen Stelle im Wald, wohl dreißig Meilen von Porters Wohnhaus. Nur sechs kamen zurück; sie hatten Walter Talbot im Busch liegen lassen mit einer Kugel im Herzen, das Gesicht auf der Erde. Jede Einzelheit war genau nach den überlieferten Gesetzen des Zweikampfs geordnet worden und verlaufen. Es war kein Mord ... man hatte Gericht gehalten.

Die sechs Verschworenen trennten sich, um einzeln und unbemerkt verstohlenerweise nach Hause zurückzukehren. Zur Frühstückszeit wurde Talbot vermisst, ohne dass seine Abwesenheit Aufsehen erregt hätte, gegen Mittag aber brachte ein Arbeiterjunge die Botschaft, draußen im Busch liege ein Toter. Man setzte sich in Bewegung, um den Leichnam zu suchen, und fand – den jungen Talbot. Offenbar hatte er sich selbst ums Leben gebracht. Aber aus welchen Gründen? Letzte Nacht – kaum zwölf Stunden war es her – hatte dieser Walter Talbot so glücklich geschienen, so voll von Hoffnung, Kraft und Lebensfreude!

Man setzte ein Protokoll auf über die Umstände seines Todes. Dass Selbstmord vorliegen musste, war leicht festzustellen. Seine Familie erfuhr nicht einmal so viel; vielmehr ließ man sie glauben, dass er an einem Sonnenstich gestorben sei. Keiner der Seinigen hatte eine Ahnung davon, dass er in den Tod gegangen war, um den guten Namen einer anerkannt unwürdigen Frau zu retten, die den wahren Sachverhalt wohl erriet. Sie überlebte ihn nicht lange und bekannte auf ihrem Totenbett, dass nur ihre Leidenschaft für den unglücklichen Walter sein vorzeitiges Ende herbeigeführt, dass der Unschuldige an Stelle der Schuldigen gebüßt habe. Maimie wurde an der Seite von Grimshaws erster Frau begraben, aber kein Grabstein meldet ihren Namen.

Bernhard Grimshaw hat sein ganzes Besitztum in Australien verkauft und ist ein schweigsamer, rastloser Wanderer auf Erden geworden.

Sir John Talbot hat keinen männlichen Erben. Er und ein hübsches Mädchen mit traurigen Augen sitzen einsam in dem Kirchenstuhl, über dem kürzlich eine weiße Marmorplatte in die Mauer eingefügt wurde mit der Inschrift:

Zur Erinnerung an Walter Talbot,
ein Glied dieser Gemeinde.

Plötzlich gestorben zu Yaiwarra in Südaustralien
im Alter von sechsundzwanzig Jahren.

»Die Sonne schied, noch eh' sein Abend nah'.«

Der Mann beweint seinen Sohn, das junge Mädchen seinen Geliebten, der weit, weit von ihnen im öden australischen Busch in einem verlassenen Grab ruht. Dass sie diesen gemeinsamen unersetzlichen Verlust einer Mrs. Bernhard Grimshaw mit dem Beinamen die »Spinne« zuzuschreiben haben, lässt sich keines von ihnen träumen.

Martins Geist

Vor dreißig Jahren, als Australien noch nicht der Allerweltstummelplatz von heute war, stand ich als Gemeiner bei der berittenen Polizei. Ich war, wie Tausende von jüngeren Söhnen, zu den Goldfeldern ausgezogen, um mein Glück zu machen; meine Erwartungen waren jedoch nicht in Erfüllung gegangen, im Gegenteil hatte ich, wie's in der Geschichte vom Hund und dem Schatten geht, eingebüßt, was an Gold und Wertvollem mein gewesen war.

Nachdem ich monatelang in einem längst ausgebeuteten Goldfeld gegraben und gewühlt hatte, oft bis an die Knie im Wasser stehend, suchte mein Kamerad mit unserer kläglichen Ausbeute an Goldstaub das Weite, und Picke, Sieb und die Kleider, die ich auf dem Leib trug, waren alles, was ich mein Eigentum nennen konnte. Unter diesen betrüblichen Umständen pries ich mich glücklich, bei der berittenen Polizei eintreten zu können; der Ruf, kein Hasenfuß und ein guter Reiter zu sein, war alles, was ich an Bürgschaft leisten konnte.

Der Lohn war ärmlich und von der Straße, die zum Glück führt, war ich ziemlich weit abgekommen. Arbeit gab's genug, aber mit dem Vorrücken ging's langsam. Ich war nun schon an die drei Jahre bei der Truppe und immer noch der Gemeine Thompson, so dass ich schon zu fürchten anfing, ich werde als solcher leben und sterben, als endlich, endlich die berühmte Flut eintrat, die so mächtig ins Menschenleben eingreift!

Wir waren zwei Tage auf der Suche gewesen nach einer Bande berüchtigter Wegelagerer und kehrten erfolglos ins Hauptquartier zurück, wo wir, nachdem die zersprengte Mannschaft wieder beisammen war, die Entdeckung machen mussten, dass der Gemeine Martin fehlte. Als die Dunkelheit hereinbrach, kam seine Schimmelstute mit Staub und Schweiß bedeckt ledig herangejagt; ihr Sattelzeug war jedoch unversehrt und vollständig, nirgends waren Blutspuren zu entdecken, nichts, was uns den leisesten Fingerzeig über das Schicksal ihres Reiters hätte geben können. War er in eine Falle geraten? War das Pferd ausgerissen und hatte ihn als Fußgänger im Labyrinth des weglosen Buschs zurückgelassen?

Bei Sonnenaufgang begann man mit einer gründlichen Suche; fünf Tage hintereinander zog man nach allen Richtungen umher, in einem Umkreis von zehn Meilen durchstöberte man jeden Busch und jeden Erdhaufen, aber trotz unermüdlichen Eifers wurde keine Spur des Vermissten gefunden. Martin, einer von unseren schneidigsten Leuten, schien verschwunden zu sein, nicht anders, als ob die Erde sich aufgetan und ihn verschlungen hätte, gleich Korach, Datan und Abiram.

Unser Hauptmann betrieb die Nachforschungen mit wahrem Feuereifer und großem Scharfsinn, und ihre Fruchtlosigkeit versetzte ihn in einen Zustand von Gereiztheit und Ungeduld, der uns neu war. Schließlich aber musste er unsere Garnison verlassen, weil er für acht Tage zum Dienst in einem anderen Bezirk abkommandiert wurde, und vor seinem Abgang ließ er mich rufen, um vertraulich mit mir zu sprechen.

»Thompson, Sie haben einigermaßen Grütze im Kopf«, sagte er. »Strengen Sie sich an, bieten Sie alles auf, um unseren Mann zu finden. Wenn es Ihnen gelingt, so sorge ich dafür, dass Sie befördert werden, und jedenfalls will ich heute in acht Tagen wissen, wo Martin ist – tot oder lebendig. Lassen Sie sich das gesagt sein und nehmen Sie sich zusammen.«

Ich schlug die Hacken zusammen und murmelte etwas von »meine Schuldigkeit tun«, fragte mich aber im

Stillen, wie ich denn dazu kommen sollte, zu vollbringen, was einem der erfahrensten Offiziere nicht gelungen war. Immerhin war's ja möglich, dass mir der Zufall in die Hand arbeiten würde.

Tag und Nacht ging mir die Sache im Kopf herum, und ich kann mit gutem Gewissen sagen, dass der Verschwundene unablässig vor mir stand, egal ob ich benachbarte Schafherden durchsuchte, das Buschwerk durchstöberte oder Wassertümpel trockenlegen ließ.

Drei von den kostbaren Tagen waren schon verstrichen, im Nu verflogen und noch nirgends entdeckte ich eine Spur von unserem Kameraden, ich mochte suchen und wühlen und Wassergräben ziehen lassen, so viel ich wollte. Schließlich kam der Vorabend von unseres Hauptmanns Rückkehr heran und ach! ich war meiner Beförderung nicht näher als am Tag seiner Abreise, so viel Meilen ich auch geritten war, so viel Schlaf ich geopfert hatte! Ich war an diesem Abend in allen Gliedern zerschlagen von meinem fruchtlosen Bemühen, schluckte hastig mein Abendbrot hinunter und warf mich auf meine Pritsche, um sofort in den tiefen Schlaf äußerster Erschöpfung zu versinken. Wie lang ich geschlafen hatte, kann ich nicht sagen, aber der Mond schien hell ins Zimmer, als mich schwere Tritte weckten. Jemand kam in Reiterstiefeln in meine Stube und stellte sich ans Fußende meines Bettes … ich gestehe, dass ich einen gehörigen Schreck kriegte, als ich Martin erkannte.

»Hallo!«, rief ich. »Wo zum Kuckuck hast du denn gesteckt, Mann? Warum hast du dich nicht ordentlich gemeldet?«

Keine Antwort – aber zungenfertig war Ned Martin nie gewesen.

»Einen gehörigen Schreck hast du uns eingejagt und kreuzlahm sind wir vor lauter Suchen!«

Ich saß aufrecht im Bett und sah mir den Kameraden scharf an; seltsam weiß und totenähnlich war sein Gesicht. Die Augen, die jetzt den meinigen begegneten, hatten einen leeren, starren Blick – der arme Kerl mochte halb verhungert sein im Busch!

»Was ist denn los?«, herrschte ich ihn jetzt ärgerlich an. »Kannst du denn nicht reden, zum Henker?«

Martin war immer maulfaul gewesen, aber nach zehntägiger Abwesenheit vor mich hinzustehen und mich anzustarren, ohne ein Wort zu sagen, das ging mir dann doch über die Hutschnur!

»Wo hast du gesteckt, Mann?«, schrie ich ärgerlich.

Und nun kam endlich Antwort von einer heiseren,

unkenntlichen Stimme, die gerade so klang, als ob sie aus weiter Ferne her tönte.

»Zehn Meilen westlich … Laffans Schafweide … Schäferhütte … sechs Meter rückwärts … sechs Schuh tief …«

Dann machte er plötzlich kehrt und ging zur Türe hinaus. Ich sprang aus dem Bett, um ihm nachzueilen, und nahm dabei im hellen Mondschein einen großen schwarzen Fleck auf dem Rücken seines Uniformrocks wahr, genau unterm linken Schulterblatt. Er ging quer durch die Küche zur Haustüre, ich hinterher mit: »Warte doch!« und »Stillgestanden!«, aber als ich auf der Schwelle der Haustüre stand, war er verschwunden … Wohin? Wohin?

Ich mochte meine Augen anstrengen, wie ich wollte, ringsum war niemand zu sehen, nichts als das kalte, gespenstische Mondlicht, das die weite, kahle Ebene mit ein paar mageren Gummibäumen beschien. Plötzlich überlief mich ein unerklärliches Frösteln! Ich schloss die Haustüre, schob mit zitternden Händen den Riegel vor, stürzte in mein Bett und verkroch mich – ehrlich währt am längsten! – unter der Decke, wo ich in kaltem Angstschweiß mit wild pochendem Herzen lag, Stunden, Tage lang, wie es mir vorkam! Ich hatte einen Geist gesehen …

Wie ein Rasender kämpfte ich gegen ein Gefühl des Grauens an, das mich zu überwältigen drohte, das aber schließlich nachließ. War's denn nicht ein schwerer Traum, ein Alpdrücken gewesen, das ich am andern Morgen vergessen haben würde? Einem seltsamen Trieb folgend kroch ich furchtsam aus dem Bett, machte Licht und schrieb auf einen Zettel: »Zehn Meilen westlich, Laffans Schafweide, Schäferhütte, sechs Meter rückwärts, sechs Fuß tief«, dann krabbelte ich wieder unter meine Decke, wo ich zwischen Furcht und Tatendurst schwankend lag. Wenn alles ein Traum gewesen war, konnte ich mich zum Gespött der ganzen Truppe machen, indem ich die Leute für nichts und wieder nichts zehn Meilen weit führte und mich an irgendeinem Unschuldigen vergriff! Statt der Beförderung blühte mir dann wohl, mit Schimpf und Schande davongejagt zu werden!

Bald war ich entschlossen, mein Traumgesicht einfach zu verschlafen und zu vergessen, bald nahm ich mir vor, die von Martin angegebene Spur zu verfolgen und mein Heil damit zu versuchen. Endlich schlief ich ein mit dem festen Vorsatz, mich nicht von der Stelle zu rühren, aber sogar im Halbschlummer trieb mich ein unerklärliches Etwas, doch nach Laffans Weide zu reiten, und es war mir, als ob eine geisterhafte Stimme mir ins Ohr flüsterte: »Da läuft dir endlich das Glück in die Hände. Greif zu!«

Nach stundenlanger qualvoller Unentschlossenheit rief ich die Kameraden zusammen, ohne sie jedoch ins Vertrauen zu ziehen, und es konnte unmöglich meine eigene Stimme sein, die mit solcher Sicherheit den Befehl erteilte: »Macht euch fertig, in einer halben Stunde nach Laffans Schafweide zu reiten. Nehmt ein überzähliges Pferd mit ... Martins Stute taugt dazu ... Stricke, Handschellen und ein paar Spaten.«

Natürlich wurde ich nicht wenig geneckt, aber ich ließ alle schlechten Witze gelassen über mich ergehen.

»Du scheinst ja den Vogel schon im Garn zu haben? Hat man dir etwa telegraphiert, wo er sei? Martin erwartet uns wohl zum Frühstück, was?«

Diese und andre Bemerkungen flogen hin und her, ich stellte mich aber taub dagegen und zuckte nicht mit der Wimper. Innerlich freilich war's nicht weit her mit meiner Sicherheit, und wenn ich mich auch siegesgewiss an die Spitze des Trüppleins setzte und in scharfer Gangart vorausjagte, so schlug mir das Herz doch sehr ungemütlich dabei und dicke Schweißtropfen standen auf meiner Stirn.

Von der Entwicklung, die der Fall in der nächsten Stunde nehmen würde, hing meine ganze Zukunft ab. Unfehlbar war ich entweder als unbrauchbarer, gefährlicher Tölpel gekennzeichnet, oder würde ich in ganz Westaustralien als überaus fähige, zuverlässige Spürnase gerühmt werden. Welcher von beiden Fällen würde wohl eintreten?

Es war kaum sieben Uhr morgens, als wir die Hütte umringten, die Hütte, die mir bezeichnet worden war. Laffans Schäfer war ein Hafturlauber und schon mehrere Jahre auf seinem Posten. Der Kerl – Henderson hieß er – hatte ein verdächtiges Gesicht und war mit einem Sprachfehler behaftet, dabei zeigte er einen herkulischen Körperbau. Als ich mich mit vier von meinen Leuten in die Hütte begab, beugte er sich gerade über seine Feuerstelle, wo er sich ein Stück Hammelfleisch für sein Frühstück zurechtmachte.

»Was soll's?«, stotterte er, über seine Schulter blickend. »Was gibt's? Schafe gestohlen worden oder Schwarze da? Was will man von mir?«

»Sie selbst«, versetzte ich rasch. »Ich verhafte Sie« – schon zog ich die Handschellen heraus – »wegen Ermordung des Polizeisoldaten Martin.«

Noch ehe ich ausgeredet hatte, war er wütend herumgefahren und hatte die Bratpfanne nach mir geworfen.

»Legt ihm die Handschellen an!«, befahl ich.

»Wie, Handschellen?«, brüllte er, um sich hauend wie ein wildes Tier. »Wofür? Wo sind Ihre Beweise? Ich kann schwören, dass ich den Martin seit Weihnachten mit keinem Auge gesehen habe. Das werden Sie büßen müssen ... Dafür werden Sie ins Gras beißen müssen ... am Galgen baumeln«, stotterte er wutschnaubend, als die Handschellen geschlossen wurden.

»Was fällt Ihnen nur ein, sich an einem unschuldigen Menschen zu vergreifen? Warten Sie nur, bis Laffan und Ihr Alter hinter die Geschichte kommen! Was weiß denn ich von diesem Martin?«, fragte er mit einem Schwall unerhörter, haarsträubender Flüche. »Wohin wollen Sie denn jetzt?« schrie er gellend.

Ich ging indes ruhig und sicher meines Wegs, unerschütterlich und gläubig führte ich den Befehl eines Geistes aus, aber ich zitterte am ganzen Leib, als ich jetzt zweien von meinen Leuten befahl, die Pferde anzubinden und sich mit Spaten zu versehen. Mittlerweile maß ich mit zuckenden Händen sechs Meter von der Rückseite der Hütte an ab und befahl, sofort zu graben.

Das Erdreich war locker, ein verdächtiger und für mich ermutigender Umstand, trotzdem war die Arbeit nicht leicht. Als das Loch fünf Fuß tief geworden und noch immer nichts gefunden war, schüttelte mich's bei jeder Schaufel voll Erde, die auf den Rasen flog, wie ein Krampf.

»Donnerwetter!«, rief plötzlich einer von den Grabenden. »Da liegt eine Leiche!«

»Und ein Reiterstiefel«, setzte sein Gefährte aufgeregt hinzu.

Nun flogen die Spaten, die Erdballen sausten durch die Luft, und plötzlich riefen beide Männer wie aus einem Mund: »Das ist Martin!«

Dann hieß es abwechselnd: »Mit dem ist's aus ... tot ... schon ganze zehn Tage verscharrt ...«

Ja, dass er's war, daran gab es keinen Zweifel. Es war der Vermisste, und mein Ruf war gerettet. Armer Kerl! Er war hinterrücks niedergestochen und verscharrt worden, wie er hingefallen war.

Ich rief nach den Leuten, die den Gefangenen in der Hütte bewachten, dass sie ihn herausbringen sollten. Anfangs setzte er sich, wie ich glaube, zur Wehr, dann ließ er sich aber willig an die Stelle führen, wo er sein Opfer verscharrt hatte. Starr und regungslos blickte er eine Weile in die Grube hinunter, dann schlug er langsam die Augen auf und sah mich unverwandt an.

»Der Teufel hole Sie!«, stotterte er mit erstickter Stimme. »Woher wussten Sie's? Wer hat's Ihnen gesagt?«

»Das geht Sie gar nichts an, ist meine Sache.«

»Keine Seele hat's ja mitangesehen ... nicht einmal der Hund. Ich hatte ihn lange schon aufs Korn genommen, den Lumpenkerl ...«

»Ich warne Sie! Tun Sie keine Äußerungen, die Ihnen verhängnisvoll werden könnten«, fiel ich ihm ins Wort. »Halten Sie lieber den Mund.«

»Den Mund halten? Wozu? An den Galgen komm ich ja doch! Er hat's auch gesagt. Ja, das ist sein Revolver ... ich konnt's nicht übers Herz bringen, den auch mit einzuscharren, das Ding ist zu schön ... Wenn ich's in meinen Klauen hätte und diese frei wären, hei, was wollte ich euch Löcher in den Leib schießen! Hört, wie's zuging: Martin trat in meine Hütte, um seine Pfeife anzuzünden, und als er sich übers Feuer beugte, stieß ich ihm von hinten ein Schlachtermesser in den Rücken, gerade unterm Schulterblatt. Die Wunde saß, die war tödlich ... Er sagte nichts, als: ›Dafür kommst du an den Galgen!‹ und dann: ›Mutter!‹ Das Blut hat ihn erstickt. Als er den letzten Schnapper getan hatte, zog ich ihn an den Füßen hinaus und verscharrte ihn, wie ihr saht! Ihr habt oft genug hier herumgeschnüffelt, aber keine Lunte gerochen! Kein menschliches Auge hat's gesehen ... dass keine Spur zurückblieb, dafür habe ich gesorgt! Vier Meilen von hier hab ich seinen Gaul laufen lassen ... dass ihr dahintergekommen seid, ist einfach ein Wunder. Wie haben Sie's herausgebracht?«

Ich schüttelte den Kopf.

»Kann sein, er selbst hat's Ihnen gesagt. Er pflegte bei Nacht umzugehen und durchs Fenster hereinzugucken, dass der Hund fürchterlich heulte und sich verkroch. Wenn einer so gut aufgehoben ist, soll er Ruhe halten und braucht nicht spazieren zu gehen.« –

Wir begruben Martin an der Stelle, wo er gefunden worden war, banden Henderson auf des Toten Ross und nahmen ihn gefesselt mit in unsere Garnison. Auch den Hund ließen wir nicht zurück. Fast gleichzeitig mit unserem Trupp kam der Hauptmann auf der Station an, und ich konnte ihm den Gefangenen vorschriftsmäßig übergeben.

Mein Vorgesetzter war außer sich vor Freude und überschüttete mich mit Lobsprüchen über meine Findigkeit, aber wenn ich auch bisher die Wahrheit wohl verschwiegen habe, so bekenne ich hier offen, dass ich Lob, Beförderung und spätere Berühmtheit nicht meinem Scharfsinn, sondern der Nachricht verdanke, die mir Martins Geist gebracht hat.

Mein einziges Abenteuer

Es gibt ohne Zweifel Leute, die ein gewisses Vergnügen an seltsamen Erlebnissen finden, an allem, was die gemeine Alltäglichkeit des Daseins unterbricht, sei es nun angenehmer oder gruseliger Art, ich will aber gleich sagen, dass ich keineswegs zu dieser Menschengattung gehöre. Die äußerste Gefahr, die mir je nahegetreten ist, war ein betrunkener Kutscher, der mich in der Bayswaterstraße um ein Haar aufs Pflaster geworfen hätte. Ich schrie aber derart, dass die Vorübergehenden stehenblieben und den Mann zum Anhalten brachten, worauf ich ausstieg und meinen Weg zu Fuß fortsetzte. Bei dem Erlebnis aber, das ich als »mein einziges Abenteuer« bezeichne, war leider das Schreien wertlos. Wie man sehen wird, hatte es furchtbare Folgen für mich, und ich will den Tatbestand in kurzen Worten wahrheitsgemäß darstellen, um mich von den schändlichen Gerüchten reinzuwaschen, die durch mein einziges Abenteuer entstanden sind.

* * *

Thomas Moggins, mein Gatte, ist Kaufmann und Teilhaber einer wohlbekannten, angesehenen Firma in der Mincing Lane. Wir sind kinderlos und bewohnen seit Jahren ein eigenes Landhaus in einem sehr angenehmen Badeort an der Südküste. Obwohl Thomas seit längerer Zeit nur noch stiller Teilhaber bei Podd & Plants ist, fährt er doch regelmäßig zwei- bis dreimal die Woche ins Geschäft. Sein Herz aber hängt nicht mehr an der Firma, sondern an seinem Garten, wo er so angestrengt arbeitet wie ein Taglöhner, obwohl wir uns einen Gärtner halten, der im Pförtnerhaus freie Wohnung und sechzig Pfund im Jahr hat, Kohlen, Gemüse und Obst, die er natürlich von uns »bezieht«, nicht gerechnet.

Unser Haus ist ein richtiger Herrensitz, der frei auf einem einen halben Hektar großen Grundstück steht und in der Umgebung »das Schloss« genannt wird. Ohne mich zu rühmen, darf ich sagen, dass man bei niemand in unserem Bekanntenkreis so gut speist wie bei mir, und dass niemand sich allgemeinerer Achtung, ja Verehrung erfreut, als mein Mann und ich. Er ist Kirchenältester in St. Peter, ich bin Vorsitzende des Vereins für Versorgung alter Frauen mit alten Kleidungsstücken und Schriftführerin des Vereins zur Veredlung der Sonntagsfreuden arbeitender Mädchen.

Nun muss ich aber wirklich auf mein Abenteuer kommen, das sich im vorigen Sommer ereignet hat. Ich war einen Tag in London gewesen, es war im Juli, wo die Inventarausverkäufe stattfanden, und wollte mit dem stets dichtbesetzten Schnellzug heimwärts fahren. Als ich auf den Bahnhof kam, war der Zug schon am Abfahren, und als ich den Bahnsteig entlangeilte, bemerkte ich an einem Wagenfenster Damen aus unserer Nachbarschaft, eine Mrs. Uppingham und ihre Schwester. Es fiel mir auf, wie geputzt sie waren: Hüte mit Blumen, weiße Schleierchen, helle Handschuhe; wahrscheinlich kamen sie vom Rennen in Sandown. In diesen Wagen stieg ich nun absichtlich nicht, denn Mrs. Uppingham war mir erst seit kurzem bekannt und ist eine zudringliche, streberische Dame, die sich fieberhaft bemühte, mit allen Ansässigen unseres Örtchens Umgang zu bekommen. Ich bin vielleicht ein wenig wählerisch, kurz und gut, die Dame hatte mir nicht gefallen und ich hatte sie nicht besucht.

Nichts ist mir widerwärtiger, als von irgendeinem Schaffner zur Eile angetrieben zu werden, besonders da ich ein wenig stark und kurzatmig bin. Natürlich hieß es wieder: »Rasch, rasch, einsteigen, höchste Zeit!«, und ehe ich mich's versah, wurde ich beinahe kopfüber in ein Eisenbahnabteil erster Klasse geschoben, während sich der Zug auch schon in Bewegung setzte. Es kostete mich geraume Zeit, wieder zu Atem zu kommen, meine Tasche und meinen Schirm unterzubringen, den Schleier aufzuknüpfen und meine zahlreichen Päckchen zu ordnen. Ich merkte wohl, dass ich nicht allein war; in der entgegengesetzten Ecke saß ein Herr, aber alles, was ich von ihm wahrnahm, waren graue Beinkleider und rotbraune Handschuhe, die ein Zeitungsblatt hielten. Natürlich interessierte mich dieser Reisegenosse gar nicht und ich war nur von Herzen froh, nicht zufällig in das andre Abteil geschoben worden zu sein, wo ich einer Bekanntschaft mit dieser Frau Uppingham nicht hätte ausweichen können; zu allem Überfluss hatten die beiden Damen auch noch einen jungen Herrn bei sich.

Mrs. Uppingham behauptet, eine Offiziersfrau zu sein, deren Mann in Hongkong stehe (vielleicht auch auf dem Sirius!), sie hat ein kleines Landhaus gemietet und es (was ich übrigens nur vom Hörensagen weiß!) mit künstlerischen Vorhängen, indischen Teppichen, Kuriositäten und billigen Möbeln sehr hübsch eingerichtet; sie hält zwei Dienstmädchen und kauft (wie ich höre!) nur australisches Hammel- und amerikanisches

Ochsenfleisch. Mrs. Herring, unsre Pfarrerin, hat mich einmal mit ihr zum Tee gebeten und sie mir vorgestellt, ich habe aber die Bekanntschaft nicht fortgesetzt und die Dame nicht gegrüßt, als ich sie am Tag darauf in der Leihbibliothek traf – mir macht die Frau nun einmal den Eindruck einer Abenteurerin. Wenn sie wirklich so sparsam leben muss, warum ist sie dann immer so gut gekleidet? Ich wenigstens, ich glaube nicht, dass sie all ihre Kleider selbst macht! An den Sonntagen kommt immer eine Schar sehr ungenierter und ausgelassener Herren zum Tee zu ihr, und manche Leute finden die Schwester hübsch! Nun, ich konnte von Glück sagen, dass ich dieser Reisegesellschaft entronnen war!

Während ich mir das so überlegte, warf ich zufällig einen Blick auf meinen Mitreisenden und machte die Entdeckung, dass er mich über seine Zeitung hinweg anstarrte wie ein Weltwunder. Aufmerksamkeit zu erregen ist mir nichts Unerhörtes, da ich eine recht hübsche Frau bin, wenn es auch nicht für passend gilt, so etwas selbst zu sagen, aber in den dunklen Augen dieses Mannes konnte ich nichts von Verwunderung lesen. Halb erstaunt, halb ungläubig sah er mich unverwandt an. Ein paar Sekunden lang hielt ich dem Blick stand und wir maßen uns gegenseitig in feindseligem

Schweigen, dann wandte ich recht auffällig den Kopf ab und sah zum Fenster hinaus.

Der Zug jagte jetzt mit voller Geschwindigkeit dahin, Felder, Bäume, Hecken schienen nur so an uns vorüberzuwirbeln, denn wir legten jetzt fünfundvierzig Meilen in der Stunde zurück. Mit einem Mal bemerkte ich eine gewisse Bewegung innerhalb des Abteils und erschrak gehörig, als ich den Kopf drehte und feststellte, dass der Fremde den Platz gewechselt hatte und mir jetzt gerade gegenübersaß. Natürlich war es ja sein gutes Recht, sich hinzusetzen, wo es ihm beliebte, aber mich mit den dunkeln, runden Augen förmlich zu verschlingen, dazu hatte er kein Recht – und das war mir sehr unangenehm. Ich schmeichle mir, recht hochmütig aussehen zu können, wenn es nötig ist, und habe mich bei verschiedenen Anlässen mit Erfolg dieser Kunst bedient, so richtete ich mich denn auch jetzt steif auf und warf ihm meinen ablehnendsten Blick zu.

Mein Gegenüber mochte achtunddreißig Jahre alt sein; er hatte ein glattrasiertes, fahles Gesicht, das mir den Eindruck machte, der Mann müsse körperlich und geistig schwer gelitten haben. Seine Haare waren schon grau gesprenkelt, die Wangen eingesunken, im Übrigen hätte man ihn hübsch nennen können. Er trug einen dunklen Sommeranzug, eine rote Halsbinde, braune Lederschuhe und einen goldenen Anhänger an der Uhrkette.

Ich hatte meinen Blick unverfroren über den ganzen Mann hingleiten lassen, vom Scheitel bis zu den Stiefeln, und war eben im Begriff, diese Besichtigung eingehend zu wiederholen, als er sich plötzlich verbeugte und mich ansprach. Mich anreden, ein Fremder, der mir nie im Leben vorgestellt worden war! Und was er mit heiserer Stimme sagte, war: »Marie« – ich heiße zufällig Sarah Hanna – »wie konntest du …«

»Mein Herr?«

»Wie konntest du es übers Herz bringen, mir das anzutun? Was soll die Komödie? Weißt du doch so gut wie ich, dass ich dein Mann bin!«

Während ich, für den Augenblick keines Wortes fähig, den Mann anstarrte, fuhr er fort: »Wie konntest du es übers Herz bringen, mich und deine drei unglücklichen Kinder im Stich zu lassen und mit dem Schurken durchzubrennen?«

Jetzt war ich wieder so weit zu Atem gekommen, um ihm entgegnen zu können: »Sie sind in einem ganz erstaunlichen Irrtum befangen, mein Herr … ich sehe Sie heute zum ersten Mal im Leben!«

»Zum ersten Mal im Leben!«, wiederholte er mit lauter, zornbebender Stimme. »Nachdem wir fünf Jahre Mann und Frau waren!«

»Noch nie, nie haben wir uns gesehen!«, beteuerte ich, »Sie müssen den Verstand verloren haben! Sie sind verrückt!«

»O nein, ich bin vollständig bei Sinnen, obwohl meine Qualen hinreichend gewesen wären, mich zum Wahnsinn zu bringen. Sieh meine weißen Haare an, Marie« – er nahm die Reisemütze ab – »die verdanke ich dir.«

»Ich habe Sie noch nie gesehen – niemals.«

»Sag mir nur, wozu die Komödie?«, fragte er ungeduldig. »Du bist ja die geborene Schauspielerin. Deine Erfolge haben es bewiesen; es war dir immer leichter, eine Rolle zu spielen, als du selbst zu sein.«

»Ich habe nie einen Fuß ins Theater gesetzt, viel weniger je Theater gespielt, solange ich auf der Welt bin!«

»Wenn der Augenblick nicht zu ernsthaft wäre, würde ich sagen, du hast nie im Leben besser gespielt als jetzt, du übertriffst dich heute selbst! Und du weißt doch, wie stolz ich auf dich war, wie stolz auf die Triumphe, die du im ›Rosa Unterrock‹ gefeiert hast! Und dein Tanzen! Jackson erklärte, dass dir den ›Grashüpfer-Pas‹ keine andere nachtanze, selbst nicht in Paris.«

Grashüpfer-Pas – Paris! Wenn unser würdiger Pfarrer meinen Namen mit solchen Schändlichkeiten in Verbindung gebracht hörte!

Ich stand auf, griff nach Reisetasche und Sonnenschirm und setzte mich dicht an die Wagentüre, ihm nur noch den Anblick meiner Rückseite vergönnend. Aber ohne sich im Geringsten einschüchtern zu lassen, setzte er sich sofort neben mich und wagte es tatsächlich, den Arm um mich schlingen zu wollen. Ich kreischte und schlug mit dem Sonnenschirm um mich, doch er fasste meine Hand und hielt sie fest wie in einem Schraubstock.

»Marie ... Liebste ... weshalb willst du darauf beharren ... weshalb dich anstellen, als wäre ich dir fremd? Denkst du denn nicht mehr an die Bälle in Covent Garden, nicht mehr an unsre ausgelassen lustigen Abende, an unser trautes kleines Haus in der Avenuestraße? Weißt du nicht mehr, wie stolz ich darauf war, wenn die Leute sich den Mann von Polly Cantrigge zeigten? Denke doch an unsre drei blonden Kinder! O Marie, wie konntest du es übers Herz bringen, die kleine

Esmeralda zu verlassen, die man noch im Steckkissen trug? Jetzt ist sie vier Jahre alt und dein leibhaftiges Ebenbild. Eine schöne Frau zu haben, ist ein furchtbares Schicksal.«

»Lassen Sie meine Hand los!«, schrie ich, einem Weinkrampf nahe.

»Ja, eine schöne Frau zu haben«, wiederholte er, »die auf der Bühne war und Tausende von Verehrern hat, das ist für einen Mann, der den ganzen Tag im Geschäft sein und sie allein lassen muss, ein furchtbares Schicksal. Zum Teil war es ja auch meine Schuld, deshalb habe ich auch nie die Scheidung eingereicht!«

Ein abermaliger verzweifelter Versuch, meine Hand aus seinem Griff zu befreien, war wieder vergebens; er hielt sie fest und fuhr zu reden fort.

»An eine so schöne Frau treten viele Versuchungen heran ...«

Jetzt hatte ich mich doch losgerissen und sah mich nach der Notleine um.

»Du brauchst nicht den Zugführer zu rufen, Marie«, sagte er meine Absicht erratend. »Dein eigener Mann ist der beste Beschützer.«

»Sie sind aber nicht mein Mann«, stieß ich keuchend heraus, »und ich werde den Zugführer rufen!«

»Sitz still!«, herrschte er mich an, »gib das Komödiespielen auf und höre mich ruhig an.«

Von seinem Blick erschreckt, sank ich hilflos auf meinen Sitz zurück. Die Qual seiner Nähe war fürchterlich, aber ich musste mich hüten, den Mann noch mehr in Rage zu bringen, er hätte auch einen Mord begehen können.

»Ich habe keinerlei Schritte getan, um eine Scheidung herbeizuführen«, erklärte er mir, mir, der Mrs. Moggins! »Vor Gott bist du meine Frau und du weißt, dass ich dich angebetet, dass ich dich in Ehren zu meiner Frau gemacht habe, trotz der hässlichen Geschichte mit dem jungen Lovelace – ich fand ja, dass keine dir gleichkomme an Schönheit, Witz und Talenten. Im innersten Herzen sagte ich mir immer, du müssest zu jenem Schritt verlockt worden sein gegen dein eigenes besseres Empfinden, du müssest des Schurken längst überdrüssig sein – man sagt ja, er trinke und misshandle dich! Ich habe dich gesucht, nach dir gefahndet kreuz und quer – sogar in den Zeitungen habe ich dich ausgeschrieben – und habe dir den Platz in meinem Haus offengehalten. Unseren Freunden sagte ich (und etliche glauben es), das Heimweh nach der Bühne sei über dich gekommen und du habest für einige Zeit ein glänzendes Engagement in Amerika angenommen, werdest aber bald und für immer zurückkehren. Denke an die Kinder …«

»Ich habe keine Kinder!«, rief ich entrüstet.

»Sie sind gelehrt worden, die Mama zu erwarten«, fuhr er, ohne meinen Aufschrei zu beachten, fort. »Pollie sieht dir sehr ähnlich – letzten Donnerstag war ihr siebter Geburtstag! Der Junge soll mir nachschlagen, wie die Leute finden, die kleine Esmeralda aber – ach komm und sieh selbst! Ich kann dir nur sagen, ich will vergeben und vergessen, aber komm heim, Marie!«

Es war ihm bitterer Ernst, dem armen Mann. Seine Stimme zitterte, sein Gesicht war leichenblass geworden, große Schweißtropfen standen auf seiner Stirn. Er tat mir geradezu leid.

»Ich bedaure es, dass Sie eine landfremde Dame derart in Ihre persönlichsten Angelegenheiten eingeweiht haben, mein Herr«, sagte ich. »Mein Mann hat eine Teehandlung, wir sind kinderlos. Das Theater habe ich nie im Leben besucht und werde es nie besuchen, noch viel weniger habe ich je Theater gespielt oder Ballett getanzt!«

»O Marie, wozu mich so auf die Folter spannen!«, rief er. »Bist du denn so glücklich mit ihm – mit einem verheirateten Mann? Wie kannst du es über dich bringen, fortzuleben in der Sünde?«

»Schweigen Sie, mein Herr!«, kreischte ich, außer mir geratend.

»Ich will nicht schweigen!«, wetterte er. »Hat je eine Frau einen so nachsichtigen, versöhnlichen Gatten gehabt? Ach, ich liebe dich eben. – Und wie ich dich liebe!«

Dabei brach der erbarmenswerte Mensch in Tränen aus, sank plötzlich auf die Knie und verbarg seinen Kopf und sein herzerweichendes Schluchzen in den Falten meines Kleids. Ich war überzeugt, dass die Uppinghams im andern Abteil sein lautes Reden, Flehen und Drohen gehört haben mussten. – Was mochten sie von mir denken?

»Sie tun mir wirklich leid, mein Herr!«, sagte ich, bemüht, ihn von mir wegzudrängen. »Wie kann ich Ihnen nur klarmachen, dass ich eben nicht Ihre ungetreue Frau bin? Sehen Sie – hier – mein Taschentuch mit meinem Namen … S. H. M. … Sarah Hanna Moggins.«

»Was beweisen ein paar Buchstaben?«, stieß er mit erstickter Stimme heraus. »Die kannst du dir mit Leichtigkeit zulegen, so gut du deine Stimme verändern und dein Haar färben lassen kannst. Ich sehe ja, du hast es gefärbt, du trägst das neumodische Rotblond, aber trotzdem erkannte ich meine Polly auf den ersten Blick, mein Herz erkannte dich! Und jetzt, da ich dich gefunden habe, gebe ich dich nicht mehr frei, das schwöre ich dir! Die Kinder fragen ohne Unterlass, wann die Mama heimkommen wird; sie haben ja keine Ahnung ... Gott verzeih mir die Lügen, womit ich sie vertröstet habe!«

Ich schüttelte verzweifelnd den Kopf; jeder Versuch einer Aufklärung war ja vergebens.

»Wie kannst du nur so falsch sein«, stöhnte er, »so erbarmungslos hartherzig? Sieh dein eigenes Bild, sieh, wie du aussahst ...«

Damit öffnete er die Kapsel eines Medaillons und hielt es mir hin. Die bemalte Photographie einer jungen Frau, die ich auf diese Weise wohl oder übel kennenlernen musste, zeigte ein hübsches Gesicht, das in der Tat Ähnlichkeit mit dem meinigen hatte. In der Tat, das waren meine Augen, meine Nase, mein Mund.

»So hast du ausgesehen, das Bild war vorzüglich ... nun bist du stark geworden, wovor dir ja immer bange war. Und furchtbar gealtert bist du in diesen drei Jahren, man könnte dich leicht für Vierzig halten ... ach, und wie entsetzlich dir immer der Gedanke war, je alt zu werden.«

»Mir ist nur eins entsetzlich – für eine andere gehalten zu werden!«, schrie ich wütend.

»Marie«, fuhr er, mich fest ansehend, in höchster Erregung fort, »ich begreife wahrlich nicht, wie du so sein kannst, nachdem du so grausam an mir gehandelt hast. Du bist eher ein steinernes Götzenbild als eine Frau von Fleisch und Blut!«

Die zornigen Augen verschlangen mich förmlich.

»Du sollst mir aber nicht mehr entkommen. Um der Kinder willen werde ich dich in mein Haus zurückbringen. Ich weiß am besten, was dir und ihnen guttut, und was du auch tun und sagen magst, nichts soll mich umstimmen. Du hast die Festigkeit meines Willens früher kennengelernt.«

Die Fahrgeschwindigkeit des Zugs ließ nach und ich öffnete rasch das Fenster.

»Was hast du vor?«, fragte er barsch.

Ehe er meine Absicht durchschaut hatte, gelang es mir, die Türe zu öffnen. Der Zug hielt und ich stürzte, laut nach dem Stationsvorstand rufend, auf den Bahnsteig, worauf ein mürrischer Beamter mit wettergebräuntem Gesicht eilends herbeikam.

»Herr Stationsmeister«, rief ich ihm entgegen, »ich stelle mich unter Ihren Schutz! Dieser Herr« – ich deutete auf meinen Reisegefährten, der auch ausgestiegen war – »hat mich von London ab belästigt. Er hält mich für eine Dame, die ich nicht bin, und belästigt mich aufs entsetzlichste. Weisen Sie mir ein anderes Abteil an und lassen Sie mich einschließen.«

»Es ist meine eigene Frau!«, brüllte jetzt der Fremde. »Ich leiste jeden Eid darauf! Vor drei Jahren hat sie mich und ihre Kinder verlassen, um mit einem französischen Jockey durchzubrennen. Überall habe ich nach ihr gefahndet, und nun traf es sich zum Glück, dass sie am Viktoriabahnhof in London mit mir in einen Wagen stieg. Ich mache meine Rechte geltend – verstehen Sie mich?«

»Der Mann ist geisteskrank!«, rief ich. »Nie im Leben habe ich ihn gesehen!«

Jetzt bemerkte ich, dass Mrs.Uppingham, die Schwester und der junge Mann zum Wagenfenster heraussahen und den Auftritt mit größter Neugier verfolgten, ja ich sah Köpfe an jedem Wagenfenster des ganzen Zugs erscheinen. Schaffner, Gepäckträger, Zeitungsverkäufer bildeten schon einen Kreis um uns.

»Sie behauptet, mich nicht zu kennen«, fuhr der Mann mit seiner lauten, durchdringenden Stimme fort, die selbst das Schnauben der Lokomotive übertönte,

»aber kümmern Sie sich nicht darum. Sie war Schauspielerin, von der Bühne weg habe ich sie geheiratet, Verstellung ist ihr zur zweiten Natur geworden. Trotzdem will ich sie wieder zu mir nehmen, ihr noch einmal die Möglichkeit geben, eine anständige Frau zu werden! Marie, du kommst mit mir ...« Damit legte er mir die Hand auf den Arm.

»Herr Stationsvorstand – hier ist meine Visitenkarte! Ich stelle mich unter Ihren Schutz. Mein rechtmäßiger Gatte wird Sie und die Eisenbahngesellschaft verantwortlich machen für meine Sicherheit!«

Aber der Beamte schüttelte lächelnd den Kopf! In äußerster Not wandte ich mich an Mrs. Uppingham.

»Diese Dame wohnt in meiner Nachbarschaft – ich bin ihr bekannt ... nicht wahr?«, rief ich mit stehend ausgestreckten Händen.

Allein die abscheuliche Person zog nur die Augenbrauen in die Höhe und schüttelte den Kopf, ja ich hörte sogar, wie das junge Ding neben ihr in sich hineinkicherte.

»Ist Ihnen die Dame bekannt?«, fragte der Beamte.

»Nein, ich kann mich derartiger Bekanntschaften nicht rühmen!«, versetzte Mrs. Uppingham mit schneidendem Hohn.

Unser Auftritt machte eine Zugverspätung wahrscheinlich und der Stationsvorstand sagte plötzlich: »Lassen Sie die Dame los, mein Herr! Steigen Sie ein – ich will den Herrn bis zum nächsten Zug festhalten. Ich überschreite damit zwar meine Befugnisse, aber ich weiß mir nicht anders zu helfen. Nach Ihnen«, setzte er, meine Visitenkarte ergreifend, hinzu, »werde ich telegraphisch bei der Polizei anfragen.«

Weiteres wartete ich nicht mehr ab, sondern kletterte eilends die Stufen hinauf und schlug die Wagentüre zu, während der Zug schon zu zittern und zu ächzen begann. Der Fremde rannte noch daneben her, bis ihn vier handfeste Gepäckträger zurückhielten. Ich sah noch, wie er um sich schlug und sich zur Wehr setzte – das war aber auch das Letzte, was ich im ganzen Leben von dem Mann zu sehen bekam.

Selbstverständlich ist mir dieses furchtbare Erlebnis auf die Nerven gegangen. Ich reise seitdem nie mehr allein und bin so schreckhaft geworden, dass mich jeder Mitreisende, der seine Zeitung vors Gesicht hält, beunruhigt, und beim Anblick jedes blassen Herrn mit roter Halsbinde läuft mir's kalt über den Rücken.

Natürlich erzählte ich meinem Mann die ganze Geschichte, sobald ich mich vom ersten Schreck erholt und zu Abend gegessen hatte, und er – er fand sie höchlich belustigend! So sind die Ehemänner!

Mrs. Uppingham aber hat offenbar ihre Auffassung der Geschichte in der Nachbarschaft verbreitet. Ich machte ihr sogar einen Besuch in der Absicht, sie aufzuklären, sie war aber »nicht zu Hause«, obwohl ich sie ganz deutlich am Fenster gesehen hatte, und hat diesen Besuch nie erwidert, ja nicht einmal eine Karte bei mir abgegeben. Es schmerzt mich, sagen zu müssen, dass einige von meinen Bekannten offenbar ihren Lügen Gehör schenkten, denn sie gehen seither über die Straße, um eine Begegnung mit mir zu vermeiden. Einer Freundin von mir wurde allen Ernstes versichert, dass ich eine ehemalige Grotesktänzerin und geschiedene Frau sei. Verschiedene nette Familien haben den Umgang mit mir abgebrochen und all unsere Erklärungen scheinen nicht im Stande zu sein, meinen Ruf wieder herzustellen. Ich fürchte, es wird Jahre dauern, ja mein ganzes Leben wird darüber vergehen, mein einziges Abenteuer in Vergessenheit zu bringen.

Mrs. Ponsonbys Traum

An einem Wintertag – es mag etwa sechzig Jahre her sein und das irische Klima war trotz aller Gegenbehauptungen älterer Leute schon ganz genauso feucht wie heute – stand eine dunkelhaarige, sehr große, sich besonders aufrecht haltende Dame an einem Fenster ihres Wohnzimmers und sah dem Regen zu, der in dichten Strähnen endlos auf den Mountjoyplatz herabrieselte. Sie trug ihr Haar gescheitelt und hatte ein rotbraunes ausgeschnittenes Popelinekleid mit langen engen Ärmeln an – Frisur und Ärmel würden demnach heute wieder einmal »das Neueste!« sein – und ihr Ausdruck tiefer Unzufriedenheit mit dem Wetter ist eine Stimmung, die in Irland überhaupt nicht aus der Mode kommen kann!

Während sie gähnend mit der stark beringten Hand gegen die Scheiben trommelte, kam eine ältere, weniger hübsche Dame mit einem umfangreichen Kastorhut, einer regennassen »Mantille« und einem Lederkasten in der Hand eilig herein.

»Es hat furchtbar zu regnen angefangen«, berichtete sie atemlos, »da nahm ich an der Bank eine Kutsche. Wie du siehst, habe ich deine Diamanten geholt und für morgen habe ich die vier Postpferde für unseren Reisewagen bestellt.«

»Ich wollte, du hättest die Pferde nicht bekommen«, versetzte die Schwester aufgeregt, indem sie sich umdrehte.

»Aber, Sally, was ist dir denn nur in die Krone gefahren?«, fragte die Ältere, den Schmuckkasten absetzend, in peinlicher Überraschung.

»Es ist keine Laune, glaub mir, Nancy, aber ich habe eine Warnung erhalten im Traum, und in meinem ganzen Leben habe ich mich noch nicht so schwer entschlossen, auf acht Tage nach Williamsfort zu gehen.«

»Gott steh uns bei, Sal! Aber Richard würde bitterlich enttäuscht sein, wenn du nicht kämst!«

»Ja, das würde er sein«, gab die Schwester zu, indem sie einen Blick auf den Brief warf, den sie in der Hand hielt.

Es war ein umfangreiches Schriftstück, gut von der Größe eines Herrentaschentuchs. Ohne Umschlag war es gefaltet gewesen und es trug ein rotes Siegel und das Zeichen freiherrlicher Portofreiheit. Es war kein Liebesbrief, sondern eine Epistel ihres einzigen Bruders, eines wohlhabenden Junggesellen, und der Inhalt lautete:

»Liebe Sal!
Die Emersons, Hamiltons und Moores samt sechs ledigen Herren treffen am Dienstag hier ein, um den Schwurgerichtssitzungen und dem Ball beizuwohnen, und ich erwarte, dass Du wie sonst die Stelle der Hausfrau vertreten wirst. Bestelle zu rechter Zeit Postpferde. Bis an den dreizehnten Meilenstein schicke ich Dir meine eigenen entgegen. Du musst um drei Uhr hier sein, denn wir speisen Schlag vier.
Dein Dich liebender Bruder
R. Connor.

P.S. Sei so gut und bestelle Austern bei Jury und bringe sie mit.«

* * *

»Nancy«, begann die so dringlich Geladene, sich hastig setzend, »sag mir ehrlich, glaubst du an Träume?«

»An Träume? Nein – am Kaffeesatz, da ist etwas Wahres, das muss ich zugeben.«

»Ach, das ist ja der helle Unsinn! Bitte, sag mir, hast du je einen Traum gehabt, der dich geängstigt und am andern Tag derart verfolgt hat, dass du keine Ruhe fandst?«

»Nein! Ich habe einen gesunden Schlaf und das Schlimmste, was ich je geträumt habe, war, dass ich verheiratet sei«, versetzte das alte Fräulein, verschämt kichernd.

»Das bedeutet einen Todesfall«, bemerkte Mrs. Ponsonby. »Nun, ich habe heute Nacht einen furchtbaren Traum gehabt. Du weißt ja, ich war heute früh so zerschlagen, dass ich gar nicht aufstehen wollte. Ich glaube, dass es eine Warnung vor dieser Reise nach Williamsfort war«, setzte sie mit feierlichem Ernst hinzu.

»Larifari, meine liebe Sally! Ich wundere mich wirklich, dass eine verständige Person wie du Derartiges behaupten mag und ich glaube fast, dass du mich zum Besten haben willst.«

»Lass dir wenigstens meinen Traum erzählen, gute Nancy, und urteile dann selbst! Mir träumte, dass ich mit einiger Verspätung in Williamsfort vorgefahren sei. Ein unbekannter junger Mensch mit finsterem, unheimlichem Gesicht öffnete mir die Türe. Natürlich fragte ich gleich nach dem alten Johann und erhielt den Bescheid, er sei vor kurzem ganz plötzlich gestorben. Diese Nachricht erschütterte mich sehr, doch trotzdem entging mir nicht, dass die Blicke des neuen Hausmeisters wie gebannt an der juwelenbesetzten Schnalle meines Reisepelzmantels hingen. Endlich kam unser Bruder selbst in die Halle, bestätigte mir die Nachricht von Johanns raschem Tod und trieb mich voll Ungeduld zur Eile an, weil seine Gäste schon versammelt seien. Da musste ich mich freilich beeilen. Ich zog mein rotes Samtkleid an und trug meinem lieben Dick zu Ehren all meine Diamanten, sogar die große Gürtelschnalle. Leider konnte ich meine Stimmung nicht ebenso rasch wechseln, und trotz häufig angewendeten Riechsalzes kam ich noch ganz fassungslos hinunter. Bei Tisch – Essen und Bedienung waren wie immer vorzüglich – begegnete ich immer wieder dem fest auf mich gerichteten Blick des neuen Dieners. Er verschlang mich förmlich mit den Augen, namentlich aber meine Diamanten. Nachdem die Herren in den Salon gekommen waren, was lange anstand, machten wir ein Spiel und ich verlor beinahe dreiundzwanzig Pfund an Lady Susan. Du siehst daraus, wie logisch mein Traum war – ich vermute ja längst, dass sie mogelt!«

Fräulein Nancy nickte schweigend.

»Erst sehr spät ging die Gesellschaft auseinander. Ich

schlief im Speicherzimmer, das, wie du weißt, ganz abgesondert liegt und sowohl zum Flur als zum daneben liegenden Ankleidezimmer eine Türe hat. Die zum Flur verriegelte ich, die zum Ankleidezimmer ließ ich offen, dann ging ich sofort zu Bett, war aber noch nicht vollständig eingeschlafen, als ich leise, vorsichtige Schritte im Flur hörte. Man drückte auf die Klinke der Außentüre, die ich geschlossen hatte, dann schlich jemand auf den Zehenspitzen ins Ankleidezimmer und von dort aus in mein Zimmer. Ich spähte mit halb geschlossenen Augen umher und erkannte im Feuerschein des Kamins ganz deutlich den neuen Diener, der leise auf mein Bett zukam und zwar mit einem langen Jagdmesser in der Hand. Da erwachte ich, Gott sei Dank! Ich hatte aber solches Herzklopfen, dass ich die ganze Nacht über kein Auge mehr zutun konnte. Mitunter ging's nahe an einer Ohnmacht vorbei!«

»Die Geschichte klingt allerdings wie eine wirklich erlebte«, versetzte die Schwester bedächtig. »Aber gewiss ist nur die Wildschweinsülze daran schuld, die du gestern Abend gegessen hast.«

»Nein, es war eine Warnung des Schicksals und ich habe stark im Sinn, Dick abzusagen. Ich werde mich mit Rheumatismus entschuldigen.«

»Tu das nicht, Schwester Sally! Wenn Richard doch einmal erführe, dass du ihn wegen eines bloßen Traums im Stich gelassen hast, das würde ihn furchtbar ärgern. Er hat's gern, wenn du den Platz der Hausfrau an seinem Tisch einnimmst; deine berühmten Diamanten nehmen sich immer stattlich aus und du selbst bist auch noch recht angenehm anzusehen. Wenn der alte Johann gestorben wäre, hätten wir's doch sicher erfahren, Richard würde es geschrieben haben! Selbstverständlich findest du keinen neuen Diener dort vor. – Eigentlich muss ich mich über dich wundern, Schwester, du bist doch sonst die Tapfere von uns beiden! Damals, als ein Schneetreiben die Postkutsche umwarf, warst du so gelassen, als ob gar nichts passiert wäre, ich dagegen schrie wie am Spieß!«

Mrs. Ponsonby fand keine Entgegnung mehr. Sie nahm etwas wie Spott im Blick der Schwester wahr und Nancys gesunder Menschenverstand trug den Sieg davon. Sie fühlte ihre ängstlichen Ahnungen schwinden und wurde selbst wieder guten Muts. Am Nachmittag darauf fuhr sie denn auch richtig im eigenen Wagen samt Diamanten und Jungfer nach Williamsfort ab.

* * *

Es war schon beinahe vier Uhr, als die dampfenden Pferde die lange gewundene Zufahrt des Herrenhauses entlangtrabten. Mrs. Ponsonby, die unaufhörlich auf die Uhr gesehen hatte, befand sich in höchster Aufregung über diese Verspätung, denn ihr Bruder war die Pünktlichkeit selbst und würde ihr die verzögerte Ankunft sicher übelnehmen. Noch ehe die Pferde standen, wurde die Haustüre geöffnet – und der dunkle junge Mann ihres Traums erschien auf der Schwelle! Fast hätte sie einen Schrei ausgestoßen, aber sie nahm sich sehr zusammen und fragte nur mit leise bebender Stimme nach dem alten Johann.

»Der ist gestorben, Euer Gnaden«, lautete die mit großer Zungenfertigkeit gegebene Antwort. »Vor fünf Tagen verschied er ganz plötzlich; am Montag war die Beerdigung ...«

Jetzt erschien der Hausherr und geleitete die Schwester mit ritterlicher Artigkeit in die Halle, Mrs. Ponsonby fühlte sich aber so schwach, dass sie nur mit Mühe das Zimmer erreichte, auf einen Stuhl sank und in leidenschaftliches Weinen ausbrach. Mit kläglicher Stimme verlangte sie nach frischen Pferden, um binnen einer halben Stunde wieder abfahren zu können.

In einiger Bestürzung brachte der Bruder sein Allheilmittel für sämtliche Schäden des Leibs und der Seele, ein Glas alten Portwein, in Anwendung, und als sich die Dame etwas gefasst hatte, lauschte er mit Staunen dem Bericht über ihren Traum.

»Dass der alte Johann plötzlich gestorben ist, stimmt allerdings; die Gicht hat sich ihm auf den Magen gezogen«, bemerkte er, »aber dieser neue Hausmeister hat die besten Zeugnisse, die man nur haben kann. Immerhin kannst du ja heute Nacht beide Türen verriegeln, Sal, und sobald du einen verdächtigen Laut hörst, tüchtig klingeln. Ich selbst werde Wache halten und du sollst so sicher schlafen wie in Abrahams Schoß! Nun tu mir den Gefallen und beeile dich ein wenig mit dem Ankleiden, Sally, die Gesellschaft ist versammelt, und der Richter hat, wie ich weiß, einen wahren Wolfshunger.«

Alles verlief haarklein wie in Mrs. Ponsonbys Traum. Man hatte richtig das Giebelzimmer für sie bereitgemacht und der neue Hausmeister fixierte unablässig ihre Diamanten. Beim Pharao verlor sie und Lady Susan gewann. Als sie sich endlich, erschöpft von allen Aufregungen und Geldverlusten, in ihr Schlafzimmer zurückzog, klagte ihre Jungfer über Migräne und weigerte sich rundweg, in dem kalten Ankleidezimmer nebenan zu schlafen. Sie musste das Mädchen ziehen lassen, verriegelte dann alle Türen und ging zu Bett.

Schlafen konnte sie selbstverständlich nicht. Gegen ein Uhr hörte sie in der lautlosen Stille gedämpfte Schritte im Flur und gleich darauf wurde die Türe leise zu öffnen versucht – im Nu war sie aus dem Bett gesprungen und riss an der Klingelschnur, dann schwanden ihr die Sinne. Connor und die anderen Herren, die noch aufgeblieben waren, kamen eilends die Treppe heraufgestürzt und entdeckten richtig den neuen Hausmeister, der sich ohne Schuhe an den Füßen und mit einem Holzkorb in der Hand in einen dunklen Winkel im Flur gedrückt hatte.

»Was treiben Sie hier?«, wetterte sein Herr mit einigen saftigen Schimpfwörtern, indem er den Burschen am Kragen packte.

»Die Hausmädchen waren sehr müde und baten mich, Holz ins Gastzimmer zu tragen«, versetzte er rasch.

»Holz! Um ein Uhr nachts?«

Ein zorniger Fußtritt stürzte den Korb um und ein langes glitzerndes Messer fiel zwischen den Holzscheiten zu Boden.

Jetzt griffen die jüngeren Herren zu, schleppten den

Schuldigen hinunter und schlossen ihn vorerst in seine eigene Stube ein, um ihn am Morgen der Polizei auszuliefern.

Als man aber in der Morgenfrühe die Türe aufschloss, war das Zimmer leer, der Vogel ausgeflogen! Ein Leintuch, das vor dem Fenster flatterte, war das einzige greifbare Überbleibsel von Mrs. Ponsonbys Traum.

Zu dieser Ausgabe

Die Texte folgen der Ausgabe:

Bithia Mary Croker: Die Spinne und andere Geschichten. Autorisierte Übersetzung aus dem Englischen von Emmy Becher. Stuttgart: Verlag J. Engelhorn 1902. [Englischer Erstdruck von *Die Spinne* in: *Jason, and Other Stories*, London: Chatto and Windus, 1899.]

Die Übersetzung wurde für die vorliegende Ausgabe durchgesehen und sprachlich behutsam überarbeitet.

Anmerkungen

8,2 *Kattunkleid:* Kattun: sehr festes Gewebe aus Baumwolle.

8,5 *Meilen:* Längenmaßeinheit; hier: engl. Meile. Sie entspricht ca. 1,6 km.

8,15 *Leichhardt:* im Jahr 1871 gegründete Gemeinde im Gebiet von Sydney (New South Wales, Australien). Der Name geht auf den preußischen Entdecker, Zoologen, Botaniker und Geologen Ludwig Leichhardt zurück, der 1842 nach Australien reiste, um das damals noch unentdeckte Landesinnere Australiens zu erkunden. Leichhardt ist heute ein Stadtteil von Sydney.

9,15 *Linga Longa:* Name des Anwesens von Bernhard Grimshaw. Der Name geht auf den Ausdruck »Linga Longa« (von engl. *linger longer* ›bleib ein wenig länger‹) zurück und wurde im kolonialen Australien und auch in literarischen Kontexten häufig verwendet, um einen abgelegenen, ruhigen, naturnahen oder auch etwas öden Ort zu beschreiben, an dem man verweilen oder sich ausruhen kann.

10,1 *Kolonist:* Bezeichnung für europäische Siedler in einer Kolonie.

13,21 *Spezereien:* Gewürze aus Übersee.

Sattlerwaren: von einem Sattler hergestellte Produkte, hauptsächlich aus Leder oder auch aus festen Stoffen, zur Verwendung im Umgang mit Tieren (z. B. Sättel, Zaumzeug oder anderes Fahrgeschirr); Sattler stellen außerdem auch (robuste) Taschen her.

14,21 *Warra-Barra:* Ortsbezeichnung, die sich aus Wörtern der Sprache der australischen Ureinwohner zusammensetzt: *warra* ›Baum, Blatt, Erde, Berg‹ und *barra,* das oft als Wortendung auftritt und einen Ort oder eine Richtung bezeichnet. Warra-Barra steht hier als Metapher für einen naturverbundenen, möglicherweise bewaldeten oder abgelegenen Ort.

17,2 *Minnesänger:* Sänger bzw. Troubadour im Mittelalter, der Liebeslyrik dichtet und v. a. am Hof vorträgt. Grundlage des Minnesangs ist die Dreieckskonstellation aus einem Herrscher, an dessen Hof der Minnesänger lebt und für den er dichtet, dessen Ehefrau sowie dem in die Herrschergattin verliebten Minnesänger selbst. Gegenstand der Liebeslieder des Minnesängers ist seine unglückliche Liebe zu der für ihn unerreichbaren Frau, die er wie eine Göttin verehrt. Dabei ist die Unerreichbarkeit doppelt begründet, zum einen darin, dass sie verheiratet ist, zum anderen in ihrem Adel, da eine Verbindung zwischen einer Adligen und einem fahrenden Sänger damals undenkbar gewesen wäre.

17,18 *Nemesis:* Rachegöttin; in der antiken griechischen Mythologie Göttin des gerechten Zorns und der ausgleichenden Gerechtigkeit.

19,16 *Crosskeys:* Name des Anwesens von Macnab, in Anlehnung an die gleichnamige Ortschaft im Süden von Wales, in den South Wales Valleys; South Wales wiederum stand Pate für die Benennung des australischen Bundesstaats New South Wales, in dem die Erzählung angesiedelt ist.

20,12 *Rupien:* Rupie: von altindisch *rūp* oder *rūpā* ›Silber‹; Währungseinheit in Indien, Pakistan, Sri Lanka und anderen Staaten in Südostasien.

29,3 *juchtenlederne:* Juchtenleder: ein auf bestimmte Art gegerbtes Leder aus der Haut von Kälbern oder

Rindern, das sehr fest, wasserdicht und trotzdem geschmeidig ist. Es wird als Obermaterial von Stiefeln und Schuhen sowie für Bucheinbände, Geldbörsen und Uhrarmbänder benutzt.

30,5 f. *der seines Nächsten Frau begehrt:* Zitat aus dem letzten der Zehn Gebote im Alten Testament: Du sollst nicht begehren Deines Nächsten Frau (2. Mose 20,17; Übers. nach Lutherbibel 1912).

31,14 f. *Yaiwarra:* Name des Anwesens der Familie Porter, evtl. in Anlehnung an Yalwarra Lagoon, eine durch einen Flusslauf gebildete Lagune im Nordosten von Australien.

32,12 *Whisttisch:* Whist: im 17. Jahrhundert in England entstandenes Kartenspiel für vier Spieler mit 52 Karten, bei dem jeweils zwei Spieler gegen die beiden anderen spielen. Im Lauf des 19. Jahrhunderts verbreitete es sich über die ganze Welt, wurde aber zu Beginn des 20. Jahrhunderts von seinem Nachfolger, dem Bridge-Spiel, verdrängt.

32,18 *Episteln:* veraltet, von lat. *epistula* ›Brief‹; hier: ironisch oder abwertend für kunstvollen, (übermäßig) langen Brief.

32,22 *Billetdoux:* (frz.) kleiner Liebesbrief; hier scherzhaft oder ironisch verwendet.

45,3 *Gemeiner:* vom 18. Jahrhundert bis zum Ersten Weltkrieg übliche Bezeichnung für einen einfachen Soldaten ohne Dienstgrad.

47,2 *Meilen:* Längenmaßeinheit; hier: englische Meile. Sie entspricht ca. 1,6 km.

47,7 *Korach, Datan und Abiram:* im Alten Testament Söhne des Eliab, die sich mit 250 Aufständischen gegen Mose auflehnten. Mose erbittet ein Gottesurteil, woraufhin sich ein Spalt in der Erde öffnet und die Brüder sowie ihre gesamte Sippe verschluckt; die 250 Aufständischen werden anschließend von einem Feuer verzehrt.

62,3 *Mincing Lane:* Straße im Stadtzentrum von London (England).

63,12 *Sandown:* Sandown Park, Pferderennbahn in Esher (Surrey), heute ein Vorort südwestlich von London (England).

64,19 *Sirius:* Stern im Sternbild Großer Hund; hellster Stern am Nachthimmel.

66,6 *Meilen:* Längenmaßeinheit; hier: englische Meile. Sie entspricht ca. 1,6 km.

69,18 f. *Covent Garden:* Bezirk im Stadtzentrum von London (England), der bekannt ist als beliebtes Vergnügungs- und Kulturviertel mit Pubs, Restaurants,

Theatern, Kunstgewerbe- und Antiquitätenläden sowie als Sitz des Königlichen Opernhauses.

79,14 *Grotesktänzerin:* Grotesktanz: im 19. Jahrhundert Bezeichnung für bestimmte Formen des Charaktertanzes, insbesondere Formen, die sich an Tänzen exotischer Völker orientierten. Ab dem 20. Jahrhundert wurden (auch) populäre Nummern in Singspielhallen, Varietés, Music Halls oder dem Vaudeville als Grotesktanz bezeichnet; eines der bekanntesten Beispiele sind die Darbietungen von Josephine Baker.

83,7 *Mountjoyplatz:* Mountjoy Square, ein parkähnlich angelegter Platz in Dublin (Irland).

83,9 *Popelinekleid:* Popeline: robuster, aber leicht knitternder Stoff, meist aus Baumwolle oder einer Baumwoll-Polyester-Mischung, manchmal auch aus Wolle und Seide.

83,17 f. *Kastorhut:* von lat. *castor* ›Biber‹; aus Biberhaar hergestellter Filzhut, der als Vorläufer des Zylinders gilt und noch heute Bestandteil mancher Trachten ist.

83,18 *Mantille:* (frz.) von Frauen getragener, leichter Mantel.

84,15 *Williamsfort:* Anwesen von Richard, dem Bruder

von Sally und Nancy, ca. 120 km westlich von Dublin.

85,1 *Epistel:* veraltet, von lat. *epistula* ›Brief‹; hier: ironisch oder abwertend für kunstvollen, (übermäßig) langen Brief.

91,20 *Pharao:* auch: Pharo; Glücksspiel mit französischen Karten. Pharao war im 18. und 19. Jahrhundert eines der in Europa am weitesten verbreiteten Kartenspiele, das auch in vielen literarischen Texten sowie Opern zitiert wird. Anfang des 19. Jahrhunderts führten Auswanderer es in den USA ein, wo es zum beliebtesten Glücksspiel des Wilden Westens wurde, bevor es Mitte des 19. Jahrhunderts vom Poker verdrängt wurde.

Nachbemerkung

Unendliche Weiten, Hitze und Eukalyptusbäume, so weit das Auge reicht, die nächste Stadt ganze Tagesreisen entfernt, und selbst die Nachbarn sind nicht gerade nah (»Wir sind nur zwanzig Meilen weit entfernt! Das betrachtet man in Australien als kleinen Spazierritt«, S. 23) – so beschreibt Bithia Mary Croker den australischen Busch in ihrer Kurzgeschichte *Die Spinne*. Protagonistin ist Maimie Grimshaw, die junge Gattin des englischen Siedlers und Viehzüchters Bernhard Grimshaw. Die beiden haben sich, nachdem Grimshaws erste Frau gestorben war, auf einer Geschäftsreise des Witwers in London kennengelernt, eingefädelt durch Bernhards Verwalter und Bevollmächtigten. Maimie ist glücklich über den angesehenen, wohlhabenden Ehemann, der sie vergöttert, und Bernhard ist »gründlich und blindlings verliebt« (S. 13). Doch das Glück hält nicht lange an: Maimie teilt das Schicksal vieler Frauen in der zweiten Hälfte des 19. Jahrhunderts, die entweder mit ihren frisch angetrauten Ehemännern oder aber als Verlobte eines Mannes, den sie nur von Briefen und Fotos kennen, nach Australien und damit in ein vollkommen unbekanntes Land auswandern. Oftmals folgte das böse Erwachen schon kurz nach der Ankunft – so auch bei Maimie: Der galante Frischverliebte auf Freiersfüßen schlüpft wieder in die Farmerstiefel, und Australien bietet nicht nur bei weitem nicht die gesellschaftlichen Unterhaltungen Englands, sondern ist ein riesiger, zum Großteil wüstenhafter, öder und erst kurz zuvor entdeckter Kontinent.

Bithia Mary Croker beschreibt das Leben in Australien eigentlich nicht besonders ausführlich, schafft aber dennoch in ihren Erzählungen – im vorliegenden Band sind sowohl *Die Spinne* als auch *Martins Geist* in Australien angesiedelt – eindrucksvoll die Atmosphäre von Abgeschiedenheit und ungezähmter Natur. Das ist umso erstaunlicher, als Croker niemals in Australien gelebt hat, es wahrscheinlich noch nicht einmal besucht hat. Dennoch teilt sie gewisse Erfahrungen mit Maimie: Die 1847 im nordirischen Warrenpoint als Bithia Mary Sheppard geborene Autorin lebt in ihrer Kindheit und

Jugend in Irland, England und Frankreich, bevor sie mit 24 Jahren den Offizier des schottischen Infanterieregiments John Croker heiratet. Als Crokers Regiment 1877 ins indische Madras (heute: Chennai) im Südosten der britischen Kronkolonie versetzt wird, zieht das Ehepaar nach Indien, später nach Burma (heute: Myanmar) und dann in den Süden Indiens. Insgesamt 14 Jahre verbringen die Crokers in Britisch-Indien – im Unterschied zu den Grimshaws allerdings nicht als Farmer und Viehzüchter, sondern als Angehörige der Britischen Armee. Und anders als Maimie vertreibt sich Bithia Croker nicht die tödliche Langeweile damit, Männer zu umgarnen und sie dann als Liebhaber in ihrem Netz zappeln zu lassen. Croker findet zu einer ganz anderen Aktivität, die auch nicht, wie bei Maimie, ins Verderben führt, sondern zum Erfolg: Im Sommer 1880 – die Crokers leben zu der Zeit in Secunderabad in Südindien – ist es so heiß, dass man nicht einmal für die wenigen Abwechslungen, die das Leben in Indien einer englischen Dame bereithält, aus dem Haus gehen kann, weshalb sich Bithia entschließt, sich einer Leidenschaft, die sie schon seit ihrer Schulzeit begleitet, zu widmen: dem Schreiben. Und so entsteht Bithia Crokers erster Roman *Proper Pride* (1882; dt.: *Berechtigter Stolz?*,

1900), der anonym erscheint und sofort so großen Erfolg hat, dass er bereits 1896 in die zwölfte Auflage geht. Während man bei *Proper Pride* noch davon ausging, dass der Roman von einem Mann verfasst worden sei, legt Croker bei ihrem ein Jahr später erschienenen Roman, *Pretty Miss Neville* (1883; dt.: *Die hübsche Miß Neville*, 1886) erstmals Spuren, indem er unter ihrem Nachnamen und mit den Initialen der Vornamen, B. M. Croker, publiziert wird, und lüftet mit dem dritten, zwei Jahre darauf veröffentlichten Roman endgültig das Geheimnis um die Autorschaft. Die folgenden Romane knüpfen an den Erfolg des ersten an, und diese Bestätigungen und ihr Talent, ihre Beobachtungsgabe und ihre Liebe zum Schreiben machen Croker zu einer unermüdlichen Autorin: In den knapp 40 Jahren zwischen ihrem Erstlingswerk und ihrem Tod entstehen 42 Romane sowie 7 Bände mit Kurzgeschichten, die ins Tschechische, Französische, Spanische, Ungarische, Schwedische, Norwegische und auch ins Deutsche übersetzt werden – in Deutschland ist sie in der 1884 im Engelhorn Verlag (Stuttgart) gegründeten Romanreihe *Engelhorns allgemeine Romanbibliothek* mit 31 Werken vertreten und damit die meistveröffentlichte Autorin!

Doch was ist es, was ihre Texte so erfolgreich macht? In einem Nachruf auf Croker, der wenige Tage nach ihrem Tod 1920 in *The Times* erscheint, charakterisiert der Verfasser den ihr eigenen Stil:

»Die Qualität ihres Schaffens litt nicht unter ihrer unermüdlichen Produktivität. Ein großer Teil ihres Erfolges war ihrer Einfühlung in die Jugend zu verdanken, ihrem raschen, von jeder Vulgarität freien Humor und dem Geschick, mit dem es ihr gelang, das Interesse ihres Publikums an ihren Erzählungen wachzuhalten. Vielleicht lag ein Teil des Geheimnisses ihrer Beliebtheit auch in der offenen Freude, die sie an ihrer Arbeit empfand, und in dem aufrichtigen Interesse an ihren eigenen Gestalten – jenem sichersten Mittel, in klugen und ehrlichen Händen, die Leserinnen und Leser für sich zu gewinnen.«

Tatsächlich ist Crokers feinsinniger Humor eines der Stilmittel, das bei der Lektüre der ersten Erzählung *Die Spinne* oder auch *Mein einziges Abenteuer* sofort auffällt, aber auch in den anderen drei Texten in diesem Band anzutreffen ist. Dabei verfällt Croker nicht in Ironie, sondern präsentiert ihre Figuren und deren Schicksale mit Sympathie und Einfühlungsvermögen, die ihr auch die Kritik attestieren: Sie besitze »ein feines Gespür für Sprache, für Redewendungen und die Ausdrucksweise verschiedener Gesellschaftsschichten, die sie in lebendigen und unterhaltsamen Dialogen wiedergibt«.

Viele ihrer Texte sind in Gebieten des British Empire angesiedelt, also in den britischen Kolonien, vor allem Indien, aber auch Australien oder Ägypten, später häufig in England oder ihrer Heimat Irland. Damit ist sie Teil eines Dreigestirns von Autorinnen, die teilweise in Britisch-Indien gelebt und ihre Erlebnisse in literarischen Texten verarbeitet haben. Neben Croker ist das die gleichaltrige Flora Annie Steel, die mit einem Mitglied des britischen Indian Civil Service verheiratet war und in den 22 Jahren, die das Ehepaar in Punjab verbringt, nicht nur als Schulinspektorin arbeitet, sondern auch in Indien angesiedelte Romane schreibt. Als Dritte im Bunde gilt die 20 Jahre jüngere Alice Perrin, die als Tochter eines Offiziers der Bengalischen Kavallerie in Masuri, einer Stadt im Himalaya im Norden Indiens, geboren wird und einen in der Kolonialverwaltung tätigen Ingenieur heiratet. Auch sie schreibt, um sich die Langeweile des Lebens als englische Frau in Indien zu vertreiben – und das nicht ohne Erfolg: Sie wird vor allem als Autorin von Schauererzählungen, sogenannten *gothic novels*, bekannt – eine Gattung, derer sich auch Croker bedient, wenn wir an die schaurig-übernatürlichen Elemente in *Martins Geist* oder in *Mrs.Ponsonbys Traum* denken. Alice Perrins Stil wird in einer literarischen Zeitschrift sogar als dem von Rudyard Kipling überlegen bezeichnet – keine Kleinigkeit, wenn man bedenkt, dass Kipling nicht nur der wohl berühmteste britisch-indische Autor und Verfasser des weltbekannten Romans *Das Dschungelbuch* (1894) ist, sondern 1907, als erster englischsprachiger Autor, den Literaturnobelpreis erhält.

Auch wenn das British Empire in seiner Ausdehnung damals seinem Namen als Weltreich alle Ehre macht, so ist es in gewisser Weise doch auch überschaubar: Flora Annie Steel arbeitet mit Kiplings Vater zusammen, Croker wiederum widmet ihren Roman *Angel* (1901) Alice Perrin. Douglas Salden, der selbst nach Australien ausgewandert ist und dort an der neu gegründeten Universität von Sydney der erste Professor für Geschichte wird, kommt zu dem Schluss, dass Steel, Perrin und Croker die drei seien, »die sich seit langem mit Rudyard Kipling das indische Imperium als fiktionales Reich teilen. Jede von ihnen ist in ihrem eigenen Bereich unübertrefflich«.

Warum keine der drei Schriftstellerinnen wirklichen Nachruhm erfahren hat, während Kiplings *Dschungelbuch* durch eine Zeichentrick-Adaption von Walt Disney auch im Film verewigt wurde, mag an den Mechanismen eines literarischen Markts liegen, der noch um 1900 (und später) Autorinnen benachteiligte. Einer aber hat die Texte von Bithia Mary Croker auf Anhieb zu schätzen gewusst: William Gladstone, ein britischer Politiker, der als Mitglied der Liberal Party im britischen Unterhaus saß, wurde dabei beobachtet, wie er in langatmigen Sitzungen, statt zuzuhören, in Crokers Roman *Proper Pride* vertieft war.

Das Gefühl dafür, was ihre Leserinnen und Leser sich wünschen, gehört sicher zu den Stärken von Croker, wie auch die ihr attestierte völlige Abwesenheit von Neid: Anstatt sich im ständigen Konkurrenzkampf mit anderen zu sehen, war sie bekannt dafür, dass sie Schriftstellerkollegen und -kolleginnen Tipps gab. Auch bei ihren eigenen Werken war sie nicht eitel. So las sie ihre Texte nach der Fertigstellung teilweise Frauen aus ihrem Bekanntenkreis vor, um deren Reaktion und auch deren Urteil zu hören. Die Bescheidenheit und die Freude, ihrem Publikum spannende und unterhaltsame Lektürestunden sowie realistische Einblicke in das Leben in den britischen Kolonien zu geben, ist in ihren Texten immer zu spüren – und mit Sicherheit einer der Gründe, weshalb auch die vorliegenden vier Erzählungen angenehme Reisen in andere Welten garantieren!

Inhalt